LES

VICTIMES DU MARIAGE

DU MÊME AUTEUR

LES FILLES SANS DOT

Un vol. gr. in-18

MARTHE DE MONTBRUN

Un vol. gr. in-18

CES PAUVRES FEMMES!

Un vol. gr. in-18

Imprimerie de L. TOINON et Cⁱᵉ, à Saint-Germain.

LES VICTIMES

DU

MARIAGE

PAR

MAX VALREY

PARIS

MICHEL LÉVY FRÈRES, LIBRAIRES ÉDITEURS

RUE VIVIENNE, 2 BIS, ET BOULEVARD DES ITALIENS, 15

A LA LIBRAIRIE NOUVELLE

—

1863

LES

VICTIMES DU MARIAGE

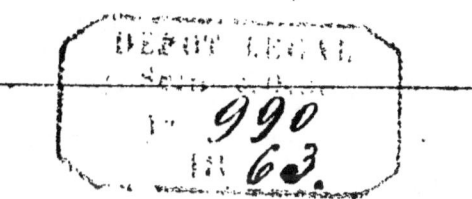

I

Les premiers souvenirs distincts de Lucienne remontaient à l'année 1836; elle avait alors cinq ans et passait l'été chez sa grand'mère dans une petite ville de la Touraine. Quatorze ans plus tard elle revoyait encore souvent, en rêve, la maison basse tapissée de vigne, le perron en pierre grise, encadré dans d'énormes touffes d'hortensias bleus, le vaste jardin planté d'arbres fruitiers qui descendait par une pente insensible jusqu'à la rivière, les sombres charmilles abritant un lavoir près duquel flottait un bateau vermoulu attaché au tronc d'un vieux saule. La plus grande partie des journées de Lucienne

1

s'écoulait dans ce bateau. Les enfants du jardinier lui avaient appris à pêcher dans un crible d'imperceptibles poissons et à tresser des corbeilles avec les joncs qui croissaient au bord de la rivière. Quand elle avait confectionné quelque informe panier, elle tressaillait de joie en entendant le sable crier derrière la charmille, sous les pas alourdis de sa grand'mère, certaine d'avance que les grossiers produits de son industrie allaient être admirés comme autant de chefs-d'œuvre.

On ne rencontre plus aujourd'hui de femme âgée ressemblant, même de loin, à la grand'mère de Lucienne. A l'époque dont nous parlons, c'était déjà l'un des derniers vestiges d'un monde depuis longtemps disparu. Née en 1765, à Tours, d'une famille de magistrats, elle avait été élevée dans l'admiration fanatique de Jean-Jacques Rousseau et de Bernardin de Saint-Pierre. Ces deux émancipateurs du sentiment religieux lui apprirent à s'adresser à Dieu directement sans le secours des intermédiaires consacrés et des formules traditionnelles. Un coucher du soleil, une pluie d'orage, un insecte, un brin d'herbe, tout lui était occasion d'hymne d'amour, d'élévation affectueuse vers l'être infini et bon. A près de cent ans de distance, enfiévrés par les aspirations gigantesques qu'ont fait naître en nous d'immenses progrès scientifiques et intellectuels, nous sourions presque de cet optimisme aveugle, de cette admiration illimitée pour une création, hélas! bien imparfaite ! Un pas immense fut accompli cependant le jour où l'on chercha Dieu en pleine lumière, au lieu de l'évoquer entre les froides murailles des temples. Le règne de la souffrance, proclamée jusque-là obligatoire et sainte, touchait fatalement à sa fin, dès que le Dieu si menaçant, si terrible dans les inaccessibles profondeurs de son ciel solitaire, se révélait tout près de l'homme dans la nature bienfaisante et féconde.

Avant les travaux unitaires de la Révolution et les impitoyables nivellements de l'Empire, la France ne ressemblait guère à ce qu'elle est aujourd'hui. Chaque province ayant alors ses traditions, ses gloires, ses allures propres, pouvait créer des types nobles, sympatiques, comme tout ce qui est original et libre. La grand'mère de Lucienne fut un de ces types. Jamais elle ne songea à quitter le sol natal, encore moins à se modeler sur qui que ce fût, si ce n'est peut-être sur les créatures idéales, nées des rêves de ses poëtes chéris. Mariée en pleine Terreur et emmenée par son mari à vingt lieues de Tours, dans la petite ville dont nous avons parlé, elle voulut nourrir ses enfants, tenir sa maison d'après les préceptes de madame de Volmar, et planter ses arbres comme Virginie. L'obscurité de sa vie la sauva des périls de la Révolution, son adoration pour la nature les lui fit d'ailleurs presque oublier. Jamais union ne fut plus heureuse. Pendant trente années les deux époux dormirent dans la même chambre, cultivèrent les mêmes arbres, lurent les mêmes livres. Pendant trente années ils furent servis par les mêmes domestiques et montèrent dans le même char à bancs le lundi de la Pentecôte pour aller visiter leurs terres et toucher l'argent de leurs fermages. L'année de la naissance d'un fils unique, le voyage fut retardé de six semaines. On en parlait encore trente-cinq ans plus tard. Après le rétablissement du culte catholique, le grand-père et la grand'mère de Lucienne allèrent ensemble aux offices, et suivirent la procession côte à côte, un cierge à la main, le jour de la Fête-Dieu. Leur piété n'était peut-être pas très-orthodoxe, mais elle était douce et tolérante. Leur zèle de prosélytisme se bornait à souhaiter aux incrédules la tranquillité d'âme et le repos d'esprit qu'ils trouvaient dans la foi. Vivre en paix avec les autres et avec eux-mêmes, ce fut leur rêve, et, du premier au dernier jour de leur vie, ils parvinrent à le réaliser.

Si l'idéal de la destinée humaine pouvait être de marcher inoffensif du berceau à la tombe, sans autre préoccupation que celle d'écarter soigneusement de sa route les pierres et les épines, aucune existence ne serait mieux remplie et plus belle que les deux existences que nous venons de retracer, aucun bonheur comparable au bonheur de ces deux époux.— En est-il réellement ainsi?... Mais à quoi bon discuter ou blâmer un genre de vie absolument imprati-

cable de nos jours? Ce ne sont pas des exemples
qu'il nous faut demander à ces vertus d'un autre
siècle; mais de chastes rêveries, de suaves par-
ums d'honnêteté et de paix.

La grand'mère de Lucienne répétait souvent que
les vieilles gens doivent s'appliquer avant tout à se
faire pardonner leur âge. Son visage était toujours
riant, sa conversation bienveillante et gaie, sa toilette scrupuleusement soignée. L'été, comme l'hiver, elle portait une robe de mérinos amaran-
the, garnie de velours de la même couleur, et
un bonnet de dentelle d'Alençon, qu'attachaient
sous le menton de larges rubans noirs. Dans son
jardin, elle s'appuyait sur le jonc à pomme d'or
qui avait soutenu les derniers pas de son mari, et
abritait sa tête sous une vaste *calèche* de taffetas
vert. Lucienne recherchait d'autant plus la société
de sa grand'mère, que sa mère était perpétuelle-
ment triste et concentrée. Des souffrances morales
auxquelles un enfant ne pouvait rien comprendre,
paralysaient chez madame de Cyntrix jusqu'aux
élans de l'amour maternel.

Le père de Lucienne, René de Cyntrix, avait terminé ses études à Paris et s'y était marié. Possesseur d'une petite fortune, il quitta définitivement la province, vers 1830, et se lança avec ardeur dans les entreprises industrielles, qui commençaient à passionner tous les esprits audacieux et positifs. Pendant que M. de Cyntrix s'occupait d'affaires de bourse et de combinaisons commerciales, sa femme lisait les écrivains de l'école nouvelle. L'activité qui se manifestait dans le domaine de la matière avait, depuis plusieurs années, envahi le monde moral. En 1830, la contemplation d'une goutte de rosée ou d'une fleur n'absorbait plus les poëtes ; ce n'était plus à la paisible nature qu'on demandait la révélation des secrets de Dieu, c'était à l'art. L'*Art*, ce mot prit l'importance d'une formule cabalistique ; il devint le signe de ralliement de toutes les âmes exaltées et rêveuses. L'idéal avait grandi ; mais, comme toujours, les moyens de réalisation restaient bien en arrière du rêve. On voulait une vie plus intense, plus accidentée, des spectacles nouveaux, de longs voyages,

et rien de tout cela n'était encore possible. Aussi,
malgré des progrès sociaux incontestables, les natures ardentes connurent-elles des douleurs igno-
rées jusque-là. Les femmes surtout souffrirent.
Aucune innovation bienfaisante ne semble pouvoir
s'introduire en ce monde, sans amener pour les
faibles une recrudescence momentanée de mal.
L'affaiblissement des traditions aristocratiques et
militaires au profit de la bourgeoisie tendait à faire
du travail l'unique pivot social; peu ou beaucoup,
tous les hommes travaillèrent, et la femme, demeu-
rée oisive, se trouva plus séparée de son mari, plus
en dehors du mouvement général qu'elle ne l'avait
jamais été. Madame de Cyntrix devint une des victimes de cette transformation de l'activité humaine.

Nous voici bien loin de Lucienne. L'été de 1836
fut mémorable entre tous les étés de son enfance.
Le fils d'un ami intime de son grand-père vint
passer deux mois en Touraine, accompagné d'un
petit garçon de huit ou dix ans, d'un nègre de
douze ans, d'une autruche et de deux gazelles.
Lucienne aimait bien Michel et le petit nègre, mais,

les gazelles l'emportaient sur tous les deux dans
son cœur. Ayant obtenu qu'on fît coucher les gracieuses bêtes dans sa chambre, elle se levait la
nuit pour les embrasser. Elle versa d'abondantes
larmes quand le père de Michel partit pour Paris
avec sa ménagerie.

Cet ami si cordialement reçu par la grand'mère
de Lucienne jouissait dans sa province d'une réputation étrange, presque terrible. Emporté par la
passion des voyages, il avait abandonné à vingt
ans un avenir brillant pour s'élancer à travers le
monde. Successivement marin, pionnier, cultiva-
teur, acteur même un instant pour gagner son
pain, il avait acquis, dans la pratique de ces professions diverses, une foi profonde, sans limite,
dans la toute-puissance de l'homme. Il n'adorait
qu'un Dieu : la science. Cette foi, du reste, recouvrait de profonds regrets. Le père de Michel serait
peut-être devenu un homme illustre si les notions
scientifiques les plus élémentaires ne lui avaient
pas fait défaut. Pour assurer à son fils les bénéfices
d'une instruction complète, il se résignait à passer

1.

sept ou huit années à Paris. L'amour paternel ac-
complissait un miracle.

Un caractère aussi exceptionnel, aussi vigoureux,
faisait scandale dans la petite ville. On blâmait fort
la grand'mère de Lucienne de donner l'hospitalité
à ce *Juif Errant*, à ce *bohémien* et à sa *troupe*. Madame de Cyntrix elle-même n'éprouvait aucune
sympathie pour le père de Michel. Les facultés ai-
mantes, l'imagination romanesque, développées
chez cette jeune femme par la lecture et la rêverie,
s'étaient repliées sur elles-mêmes faute d'action.
La mère de Lucienne vivait dans un milieu moral
raffiné, noble si l'on veut, mais, en somme, égoïste
et borné. La poésie énergique et franche d'une existence incessamment mêlée aux autres existences,
incessamment en lutte avec les forces vives de la
nature, cette poésie lui échappait absolument. Elle
ne voyait dans le père de Michel qu'instincts vaga-
bonds et sauvage indépendance. Madame de Cyntrix ne se montra pas plus indulgente envers Michel
lui-même quand elle le reçut de nouveau chez
elle, à Paris, vers 1850.

— C'est le digne fils de son père, un écervelé sans principes et sans cœur, dit-elle à ses connaissances, dès les premières visites du jeune homme.

En 1850, Michel revenait seul à Paris. Le *Juif-Errant* avait voulu entreprendre avec son fils l'exploration des régions centrales de l'Afrique. Il ne comprenait pas, répétait-il souvent, que des contrées si rapprochées de l'Europe fussent demeurées jusqu'à nos jours presque inconnues. Dès les premières étapes de son expédition, la mort se chargea de lui répondre.

Michel poursuivit seul sa route au milieu des peuplades barbares. Les conditions géologiques du sol, la flore, la faune, le climat, les traditions et les coutumes des habitants furent observés par lui avec une passion intelligente et scrupuleuse. Avant de livrer ses travaux au public, il résolut de passer deux ou trois années à Paris. Une sérieuse étude de chaque branche particulière de la science, le concours des hommes spéciaux lui semblaient indispensables à la mise en œuvre des documents qu'il avait si laborieusement recueillis.

Michel était en tout un type entièrement moderne ;
peut-être même appartenait-il davantage au monde
de l'avenir qu'à la société présente. — Un jour, sans
doute, arrivera où les hommes, développés de cœur
et d'intelligence accompliront librement, avec joie,
les actions grandes et utiles que les lois et les sup-
plices ont été jusqu'ici impuissants à produire ;
une heure viendra où les cœurs, n'ayant plus intérêt à se fermer, seront toujours ouverts, où la
bouche dira toujours vrai ! Michel agissait comme
si cette heure et ce jour bienheureux étaient déjà
venus. Son imagination n'admettait pas d'obstacles,
son âme ne connaissait pas la défiance. Qui lui serrait la main était traité par lui en ami intime. Il
prodiguait, sans compter, son temps, son intelligence, son cœur. Comme tout autre cependant,
Michel avait rencontré sur sa route bien des égoïstes
et bien des ingrats ; mais une passion sincère pour
l'étude, de fréquents voyages, surtout l'affection
ardente que lui portait son père, avaient singulièrement adouci l'amertume de ses premières déceptions. Quand, à vingt-cinq ans, Michel se retrouva

seul à Paris, après quatre années d'absence, rien
n'avait encore entamé sa puissante et sympathique
nature. M. de Cyntrix avait été lié avec son père ;
le jeune homme n'hésita pas à se présenter chez lui
comme chez un ami. M. Cyntrix l'accueillit du reste
fort bien. A première vue, le travailleur infatigable,
le penseur enthousiaste qui se croyait à la veille de
la transformation matérielle et morale du monde,
plut beaucoup à l'homme d'argent. De nos jours,
les relations sont trop complexes, le champ ouvert
aux entreprises industrielles est trop vaste pour
que le métier de spéculateur rétrécisse l'esprit : il
dessèche le cœur, c'est déjà bien assez. Les questions qui passionnaient Michel intéressaient vivement M. de Cyntrix ; mais, là où l'intelligence généreuse du jeune savant entrevoyait une conquête
pour la science, une victoire sur la nature, surtout
une augmentation de bonheur pour les hommes,
l'esprit exercé du financier flairait une exploitation
productive.

— On pourra faire quelque chose de ce garçon,
se disait M. de Cyntrix en écoutant parler Michel.

Le jour même, il emmena le jeune voyageur à sa terre de Normandie, où se trouvaient madame de Cyntrix et ses enfants, qui avaient depuis long-temps oublié le compagnon du négrillon et des gazelles.

On sait l'impression produite par Michel sur ma-dame de Cyntrix. Le fils du financier jugea moins favorablement encore le fils du voyageur. Léonce de Cyntrix, plus âgé de quatre années que sa sœur Lucienne, était l'élève de sa mère et son enfant pré-féré. Nous avons tous le malheur de connaître plusieurs Léonce de Cyntrix. A aucune époque, ce type détestable n'a été aussi commun qu'il l'est de nos jours. La beauté était la première prétention de Léonce. Il avait des traits réguliers, mais sans aucun caractère; ses yeux d'un bleu pâle voulaient être profonds et ironiques, et n'arrivaient qu'à une expression de dureté malveillante; ses cheveux bruns, déjà rares, étaient séparés depuis le front jusqu'à la nuque. Des gestes affectés, un parler lent et sentencieux complétaient le personnage. A vingt-trois ans, Léonce criblait d'épigrammes les gens

capables d'exaltation et d'enthousiasme ; à moins
pourtant qu'il ne leur fît l'honneur de suspecter
leur bonne foi : il s'inclinait alors devant leur habileté. Parlant sans cesse d'ailleurs de morale,
d'honneur, de principes, de la nécessité des
croyances religieuses; et, pour toutes ces paroles
banales et vides, s'imaginant être un garçon éminemment spirituel, un homme supérieur. Au moment même où la monarchie de Juillet s'écroula,
des relations soigneusement cultivées par madame
de Cyntrix allaient valoir à Léonce une place de
ous-préfet. Inutile de dire ce que Léonce pensait
des hommes mis au pouvoir par la révolution de
février et, en général, de tous les hommes profes-
sant des doctrines généreuses.

— C'est un niais dangereux ou un intrigant de la
pire espèce.

Telle fut l'opinion formulée par Léonce sur
Michel.

Malgré l'accueil bienveillant de M. de Cyntrix
père, Michel aurait bien vite rompu toute relation
avec cette famille, s'il n'y avait pas rencontré Lu-

cienne et une autre personne dont nous le laisserons parler. Voici ce qu'il écrivait le 25 juillet 1850 à son ami Maxime Baldiani.

II

« Sablonville,

» Ne t'étonne pas, mon cher Maxime, si, à ton retour à Fontainebleau, tu ne me retrouves pas au logis commun. Un ami de mon père, le fils de cette charmante femme dont je t'ai souvent entretenu, m'a pour ainsi dire enlevé après ma première visite, et m'a conduit en Normandie dans une belle propriété qu'habite en ce moment sa famille. J'aurais bien mieux aimé revoir la petite ville de Touraine, où j'ai passé jadis des jours si heureux. Mais, hélas ! depuis six ans, m'a dit hier mademoiselle de Cyntrix, la vieille amie de mon père est morte, et tout ce qu'elle aimait a été vendu ; tout, les hortensias bleus, les grands abricotiers et le bateau sans fond ; tout, jusqu'à la canne à pomme d'or pour laquelle j'éprouvais un si vif sentiment de vénération. Le lendemain de mon arrivée en Touraine, il y a de cela seize ans, comme j'allais saisir cette canne pour abattre une branche de cerises trop éloignée de ma main, Lucienne me dit d'un ton mystérieux et pénétré :

» — Cette canne-là est à grand'maman toute seule ; c'est la canne de mon grand-père qui est mort ; ne la touche jamais.

» Depuis ce jour, je n'osai plus porter la main sur la canne à pomme d'or, pas même pour la ramasser quand la grand'mère de Lucienne, en extase devant une fleur ou devant une brillante étoile, la laissait rouler sur le sable à ses pieds.

» Lucienne, tu ne l'as sans doute pas oublié, c'est mademoiselle de Cyntrix, *l'amie des gazelles,* comme je me plaisais à la nommer un peu par jalousie. Croiras-tu qu'après seize années de séparation j'aie reconnu Lucienne ? M. de Cyntrix ne m'avait donné qu'une heure pour mes préparatifs de voyage ; il m'attendait à la gare du Havre cinq minutes avant le départ de midi. Vers deux heures nous quittions le chemin de fer, à la deuxième station au delà de Rouen, pour monter dans une mauvaise voiture du pays. M. de Cyntrix m'expliqua que sa famille, n'ayant pas été prévenue à l'avance de son arrivée prochaine, n'avait pu lui envoyer comme de coutume son cheval ou le char à bancs. Il semblait extraordinairement ennuyé par les cahots de la carriole. Quant à moi, je n'y songeai pas longtemps. Les blés étaient partout coupés, un soleil splendide dorait les courtes tiges de paille qui couvraient encore la plaine ; sur la cime des gerbes amoncelées, de gaies bergeronnettes chantaient. De temps à autre nous croisions des groupes de moissonneurs que l'heure du souper rappelait au logis. Hommes et femmes cheminaient lestement, la lourde faucille sur la tête, suivis de bruyants enfants couronnés de bleuets. Je respirais à l'aise ; je me sentais renaître. Les six dernières semaines passées tout entières dans les bibliothèques, dans les laboratoires ou dans notre sombre mansarde, m'avaient affamé d'espace, de vive lumière, de mouvement et d'air libre. Décidément je ne serai jamais qu'un Parisien médiocre ; les pérégrinations à travers le Sahara préparent mal à l'existence de nos villes civilisées. Mon enthousiasme pour la campagne normande, à défaut d'autre, était dans toute sa force, quand la carriole s'arrêta sur la place d'un village dont je n'ai pas retenu le nom. Nous mîmes pied à terre et nous gravîmes, entre deux champs de luzerne, une montée assez rude. Quand nous fûmes arrivés au sommet, M. de Cyntrix me montra, de l'autre côté d'une vallée qui s'étendait devant nous étroite et profonde, deux tourelles à demi cachées par de grands arbres.

» — Si le bateau se trouve de ce côté-ci de l'étang, me dit-il, nous serons dans dix minutes à Sablon-ville ; mais si, comme je le crains, il est attaché sur l'autre rive à sa place habituelle, il nous faudra faire un long détour.

» Nous descendîmes un sentier rapide qui nous conduisit au bord de l'étang. Les sureaux, les reines des prés, les églantiers et les ronces croissaient si hauts et si épais en cet endroit, qu'on apercevait à grand'peine l'eau brillant entre leurs tiges. Après avoir marché pendant quelques instants derrière ce rideau de verdure, nous arrivâmes à une petite jetée construite en face du château. Je demeurai ébloui. Le soleil, tout à fait bas en ce moment, apparaissait à l'extrémité droite de la vallée dont les deux versants encadraient son disque de feu. La gorge était inondée de lumière. L'eau, le feuillage, l'aile des oiseaux, les cailloux, la terre même, tout brillait, resplendissait. Au milieu de l'étang, servant de centre à ces innombrables rayons, flottait un grand bateau plat. Un homme penché sur le bord de ce bateau semblait cueillir des plantes aquatiques; à l'arrière, tenant le gouvernail, une jeune femme blonde, vêtue de blanc, était assise. A la pose, à la nuance des cheveux, à un geste, je reconnus ma compagne d'enfance. Dans ce premier moment, sous l'influence de je ne sais quelle hallucination, je crus même reconnaître notre cher bateau.

» — Lucienne ! cria M. de Cyntrix de toute sa voix.

Lucienne tourna la tête vers nous ; puis elle dit

quelques mots à son compagnon, qui se releva aussitôt, jeta au fond du bateau une brassée d'herbages,
saisit deux avirons et se mit à ramer. Une minute
plus tard Lucienne embrassait son père.

» En la voyant de près, je ne reconnus plus du
tout l'*amie des gazelles*, et je me sentis très-décon-
tenancé devant une belle et sérieuse jeune fille
dont les grands yeux semblaient m'examiner avec
étonnement. — Moi qui n'ai pas vécu comme la
plupart des jeunes gens, je dois lui paraître étrange
et ridicule, — pensai-je. Je dois l'avouer, cette réflexion me causa un véritable chagrin.

» — Je t'amène un de tes plus vieux amis, dit
M. de Cyntrix à sa fille.

» — Je cherche à reconnaître monsieur sans trop
y réussir, répondit Lucienne.

» — Tu as sans doute oublié aussi le nom de Michel Symier, reprit M. de Cyntrix.

» — Non, certes, fit vivement Lucienne.

» Et, avec un mouvement rempli d'une cordialité
et d'une sympathie charmantes, Lucienne me tendit
la main.

» Tu connais la femme blonde, aux yeux noirs, si souvent reproduite par Murillo ; ajoute un rayon d'intelligence au front, et tu auras à peu près une idée de Lucienne. Même éclat, même grâce, même dignité naïve dans la pose.

» — Comment allez-vous, mon cher Étienne, dit M. de Cyntrix au personnage qui accompagnait Lucienne.

» Ce monsieur, que je n'avais pas encore regardé, venait de quitter aussi le bateau. C'était un homme de quarante-deux ans environ, petit, grêle, un peu contrefait, une épaule plus haute que l'autre, je crois ; mais son visage régulier, quoique trop aminci par le bas, comme le visage de presque tous les infirmes, arrêtait invinciblement le regard. De grands cheveux bruns, soyeux et souples découvraient un front remarquablement beau. Un sourire plein d'intelligence et de bonté, entr'ouvrait une bouche finement dessinée, et ses yeux bleus, doux comme des yeux d'enfant, semblaient voilés par une expression d'incurable tristesse.

» — Quelque homme supérieur, réduit à

se faire précepteur ou intendant, pensai-je,

» La franche poignée de main donnée par l'inconnu à M. de Cyntrix, l'accent de sa voix écartèrent à l'instant même cette supposition. Nous entrâmes tous les quatre dans le bateau. L'inconnu voulut prendre de nouveau les deux rames; je lui en disputai une, et nous eûmes bientôt atteint la rive opposée de l'étang. Sur le perron de la maison d'habitation, nous rencontrâmes madame de Cyntrix. C'est une petite femme maigre et pâle, dont la physionomie souffreteuse, l'air abattu et triste m'émurent profondément. Il doit y avoir quelque douleur cachée dans la vie de cette femme. Je ne vis qu'au souper M. de Cyntrix fils. La bienveillance universelle que tu me reproches quelquefois fut complétement neutralisée par l'aspect de ce monsieur. Imagine-toi l'être le plus prétentieux et le plus nul qu'on ait jamais rencontré chez Tortoni ou dans l'antichambre d'un ministre. Aux paroles amicales dont M. de Cyntrix père accompagna ma présentation, Léonce ne répondit que par un salut froid et gourmé. Vers la fin du souper, la conversation s'anima. L'inconnu du bateau, qu'une petite fille de dix ans, la dernière enfant de madame de Cyntrix, appelait familièrement l'*oncle Étienne*, m'interrogea sur mes voyages, sur mes études. Je m'aperçus bientôt que je n'étais qu'un ignorant auprès du rameur aux yeux bleus. Archéologie, histoire naturelle, langues anciennes, ce petit homme débile et modeste savait tout. Ses moindres paroles révélaient un lumineux esprit ouvert à toutes les idées, surtout la chaleur communicative d'un cœur sans cesse préoccupé du bonheur des autres.

» J'étais ravi, électrisé. Ce qui doublait mon enthousiasme, c'est que tous autour de moi semblaient le partager, si j'en excepte Léonce, lequel dissimulait à moitié un sourire ironique. La bonne réception de M. de Cyntrix m'avait déjà inspiré une sincère reconnaissance pour lui; le respect, l'admiration qu'il témoignait à l'oncle Étienne, l'adhésion absolue qu'il semblait donner à ses vues généreuses lui gagnèrent tout à fait mon cœur.

» Je ne t'ai encore rien dit, je crois, de la personne de M. de Cyntrix. C'est un homme de cinquante ans, à l'œil noir et vif, à la figure pleine, aux gestes brusques. Sa tournure quoique un peu alourdie par l'embonpoint, est restée jeune. Ses cheveux ont l'air de ne vouloir jamais grisonner. L'habitude de traiter vite et résolûment beaucoup d'affaires donne à son allure une sorte de bonhomie décidée; chez lui, comme chez la plupart des grands spéculateurs de notre époque, l'entraînement du joueur domine en somme l'esprit de calcul et la soif du gain.

» — N'est-il pas admirable, me disais-je, de voir un homme pratique, un spéculateur effréné comme M. de Cyntrix, dominé, subjugué par la parole ardente d'un pauvre diable, qui n'a probablement pour toute fortune que sa vaste intelligence et son grand cœur?

» M. de Cyntrix se chargea de m'enlever mes illusions. Le café pris, il m'entraîna hors de la salle à manger, sur une terrasse qu'éclairait en ce moment le clair de lune.

» — Ce pauvre Étienne est un illuminé, un visionnaire, me dit-il avec un accent de pitié bienveillante; il a rapporté de l'Allemagne, où il a passé de longues années, tout le fatras scientifique et humanitaire qu'il vient de nous débiter. Nous le laissons dire, parce que, au fond, c'est l'être le plus inoffensif du monde.

» — Un oncle à héritage est toujours un homme de génie, ajouta avec cynisme M. Léonce qui nous avait suivis sur la terrasse.

» M. de Cyntrix n'adressa aucune observation à son fils.

» Huit jours se sont écoulés depuis cette soirée, huit jours de vie de campagne, qui m'en ont plus appris sur la famille de Cyntrix que n'auraient pu m'en apprendre trois années de vie parisienne. A part Lucienne et l'oncle Étienne, il n'y a pas dans cette famille une seule âme vivante.

» J'ai, du reste, beaucoup baissé moi-même dans l'opinion de M. de Cyntrix.

» — Il y aurait sans aucun doute de l'argent à gagner dans l'affaire que vous m'avez exposée lors de notre première entrevue, me dit-il l'autre matin. Avez-vous songé à réunir les documents indispensables?

» J'avais vaguement parlé à M. de Cyntrix de la possibilité d'établir un comptoir commercial chez une peuplade de l'Afrique dont j'ai beaucoup étudié les mœurs et les produits.

» — J'ai dû renoncer à ce projet, lui répondis-je. D'après les renseignements positifs que j'ai recueillis à Paris, sa réussite aurait pour résultat infaillible d'amener une recrudescence de tyrannie de la part des chefs noirs. Quelques milliers d'hommes de plus iraient engraisser chaque année les terres américaines.

» — Comment un garçon aussi intelligent que vous peut-il se laisser influencer par de semblables considérations ? interrompit M. de Cyntrix. Vous n'avez pas, je suppose, la prétention d'abolir la traite à vous tout seul. Tant qu'une institution subsiste, ce que les honnêtes gens ont de mieux à faire, soyez-en sûr, c'est de s'en servir, s'ils n'aiment mieux voir les profits qu'ils dédaignent empochés par des spéculateurs infiniment moins scrupuleux, et qui les emploieront à de très-mauvaises fins. — Mais parlons de vous. Que comptez-vous faire ?

ajouta M. de Cyntrix avec sa brusquerie habituelle.

» — Je ne sais trop.

» — Votre père vous a-t-il laissé quelque fortune ?

» — Presque rien ; deux mille francs de rente, le produit d'une petite propriété que mon grand-père l'avait prié de ne jamais vendre.

» — Tant mieux, puisqu'elle vous reste. Vendez-la, on vous en donnera une centaine de mille francs. Vous avez de l'imagination, de l'activité ; joignez-y un peu de prudence et d'habileté, et dans quatre ou cinq ans votre fortune sera faite.

» — En ce moment, je ne puis m'occuper que d'études. Pour que ma relation de voyage ait quelque valeur, il faut que j'y consacre encore deux ou trois années.

» — Seriez-vous par hasard un philanthrope de l'école de l'oncle Étienne ? m'a dit M. de Cyntrix en me regardant en face. Je m'étais formé sur vous une autre opinion. — Nous reparlerons de tout cela.

» Et M. de Cyntrix m'a quitté. Je suis mainte-

pour lui un homme jugé. Il n'en est pas moins charmant comme hôte. Quant à madame de Cyntrix, j'en ai la conviction intime, je ne lui plais guère. Je le regrette, car l'intérêt que j'ai ressenti tout d'abord pour cette malheureuse femme se serait aisément transformé en amitié sincère. Née avec une imagination romanesque, un esprit actif, madame de Cyntrix est condamnée par sa fortune même à une écrasante oisiveté. Elle se plaint sans cesse du vide de son existence, de l'isolement dans lequel la laisse son mari, du peu de rapport de son caractère, de ses goûts, de ses idées, avec le caractère, les goûts, les idées de M. de Cyntrix.

» — Nous ne parlons pas la même langue, répète-t-elle souvent,

» Je le crois bien ; depuis vingt ans et plus madame de Cyntrix lit et rêve continuellement sans jamais agir ; et depuis trente années au moins M. de Cyntrix agit toujours sans presque jamais lire et sans jamais rêver. Il est très-vrai aussi que madame de Cyntrix abuse des poses de martyre, que d'amères récriminations contre l'égoïsme des hom-

2.

mes rendent sa société peu attrayante. Soit que la
nature enthousiaste et franche de Lucienne contraste trop fortement avec la sienne, soit qu'elle
éprouve une sorte de découragement devant une
destinée vouée fatalement, selon elle, à l'inutilité
et au malheur, madame de Cyntrix ne s'occupe pas
du tout de sa fille. M. de Cyntrix s'inquiète trop de
la fortune de ses enfants pour trouver le temps de
songer à leur bonheur. Lucienne, précocement développée par sa grand'mère, aurait donc une jeunesse fort triste, si l'oncle Étienne n'était pas pour
elle un initiateur intellectuel, un père et un frère
à la fois.

» Je le vois clairement aujourd'hui, l'oncle
Étienne serait consigné à la porte des Cyntrix, de
Sablonville, s'il ne possédait pas cinquante mille
francs de rente. Son million lui fait à peu près pardonner une âme d'élite. Il n'est pas marié et ne se
mariera vraisemblablement jamais; M. de Cyntrix est son parent le plus proche : voilà tout ce
qu'on veut savoir de lui. Du reste, on encourage
fortement sa prédilection pour Lucienne ; c'est une

garantie en plus de l'héritage convoité. Au point de
vue du monde, les leçons et la société de l'oncle
Etienne ont fait de Lucienne une jeune fille très-
étrange. — D'ici je te vois sourire.

» — Ce diable de Michel ne doute de rien, vas-tu
penser, lui, l'ami particulier de l'héritier présomp-
tif de Zanzibar ; lui, qui depuis sa sortie du collége
n'a peut-être pas causé pendant une heure de suite
avec une femme tout à fait blanche, le voilà qui se
mêle de juger les Parisiennes au *point de vue du
monde*. — Laisse-moi m'expliquer : je ne suis pas
du monde, je ne sais rien du monde, c'est entendu ;
eh bien, Lucienne qui est du monde, qui a toujours
vécu dans le monde, a les mêmes aspirations, les
mêmes sentiments que moi. Me contesteras-tu
maintenant le droit d'accuser ma camarade d'enfance d'être devenue une très-étrange jeune fille ?

» J'ai reçu hier une lettre de Southampton, m'annonçant l'arrivée dans cette ville de plusieurs caisses laissées par mon père à Calcutta. Je sais que
mon père destinait la plupart des objets qu'il avait
recueillis dans l'Inde à un Anglais de ses amis. Je

veux remettre moi-même le contenu des trois caisses à sir Browning. Dans quelques jours, je partirai pour l'Angleterre. »

III

« Sablonville, 30 août 1850,

» Je pars pour Londres demain matin à cinq
heures, mais je ne pars pas seul. J'aurai une compagne de voyage sur laquelle j'étais loin de compter. C'est toute une histoire. Des nombreux voisins
de campagne que visite la famille de Cyntrix, les
plus agréables sont une famille anglaise. Je ne me
mettrai pas en frais de description; encore moins
ferai-je appel à ton imagination. Figure-toi seulement la première famille anglaise venue; toutes les
familles anglaises établies à l'étranger se ressem-
blent. Le père, ancien colonel de l'armée de l'Inde,
paraît rarement au salon, ne cause jamais, et boit
beaucoup de vin de Champagne; la mère, assez

fraîche encore malgré ses deux douzaines d'enfants, s'enveloppe jusqu'au menton de *cant* et de dentelles ; quatre ou cinq jeunes filles sont belles comme des anges, deux ou trois autres laides et gauches à étonner ; trois jeunes gens silencieux et roides passent la plus grande partie de leur temps à la pêche ou à la chasse ; et une nuée de baby blonds et diaphanes rient, sautent et bégayent autour de ces beautés de keepsake et de ces automates. Pendant la journée, les sept ou huit jeunes filles courent le pays en voiture ou à cheval, dessinent, peignent, collectionnent des autographes, chantent la musique de Mozart ou font gémir un piano ; à l'heure du dîner, elles apparaissent les bras et les épaules nus, vêtues de blanc et couronnées de fleurs naturelles. Dans la famille en question, les jeunes filles qui sont jolies sont tellement jolies, le père et les frères sont de si bonne foi dans leurs politesses glaciales, les baby sont si gracieux et si gais, que j'accompagne bien volontiers madame et mademoiselle de Cyntrix quand elles vont prendre le thé chez leurs voisins.

» Dès la première soirée je remarquai une jeune femme dont la beauté ardente et vigoureuse faisait un superbe contraste avec la blancheur nacrée, l'excessive délicatesse de formes, l'aristocratique langueur des jeunes miss, rendues plus blanches, plus languissantes, plus vaporeuses encore que leurs compatriotes par un séjour de plusieurs années sous le ciel brûlant des Indes. Ajoute à cela des traits fins et purs, une admirable chevelure à reflets fauves, un corsage énergiquement cambré, d'une richesse voluptueuse, et conservant pourtant la grâce souple de l'adolescence. Je compris bientôt que cette magnifique personne était l'institutrice ou la demoiselle de compagnie des jeunes ladies. Elle semblait humiliée de sa condition, ses yeux lançaient parfois de sombres éclairs, et les mouvements de sa tête trahissaient alternativement un méprisant dédain ou un profond découragement.

» — Cette belle jeune fille brune semble bien malheureuse, dis-je au bout de quelques instants à mademoiselle de Cyntrix.

» — Elle est malheureuse, en effet, me répondit

Lucienne avec un accent tout autre que celui que j'attendais ; car elle n'a, je le crains, ni courage, ni bonté.

» De la part de Lucienne, cette réponse me surprit singulièrement ; pendant près d'une semaine je ne songeai guère à autre chose. Je tendis même des piéges à mademoiselle de Cyntrix pour découvrir chez elle le germe de quelque préjugé défavorable à l'institutrice. Ces épreuves n'aboutirent qu'à augmenter mon admiration pour la générosité d'âme, la largeur et l'élévation d'esprit de Lucienne. Qu'avait-elle donc contre cette pauvre Hortense ? Il y a juste huit jours aujourd'hui que je crus avoir enfin trouvé l'explication vainement cherchée jusque-là. Un grand dîner réunissait chez les Strawler, c'est le nom de la famille anglaise, une trentaine de personnes. A la tombée de la nuit, les sept miss, mademoiselle de Cyntrix, quelques dames anglaises, plusieurs jeunes gens et moi, nous nous trouvions réunis dans une salle de verdure située à l'extrémité d'un parc qui domine un assez beau paysage. Je ne sais pas trop pourquoi je remarquai

qu'Hortense et Léonce manquaient à la réunion,
Une jeune femme se plaignit du froid, je lui proposai d'aller chercher son burnous, qu'elle avait
oublié, disait-elle, devant la maison, sur la terrasse.
En traversant le parc, je dus faire quelques pas
dans une très-longue allée de charmille, à l'extrémité de laquelle j'aperçus Hortense. Elle marchait
lentement ; il y avait une surexcitation étrange
dans l'expression de son visage et dans son allure.
Léonce la suivait à une courte distance. Tous les
deux me tournaient le dos. Je vis tout à coup
Léonce saisir d'un geste familier la taille de l'institutrice et lui parler dans les cheveux. Hortense se
retourna brusquement, et se posa en face de
Léonce, belle d'indignation et de colère. Je me jetai
dans un sentier qui coupait l'allée de charmille.

» — Pauvre fille ! pensai-je, voilà donc à quelles
insultes sa position l'expose ! Lucienne, qui con-
naît sans doute la fantaisie de son frère pour Hortense, n'a-t-elle pas tort de juger cette infortunée
avec autant de sévérité ? Ne serait-elle pas encore
plus à plaindre qu'à blâmer, cette malheureuse

fille, si l'isolement, l'abandon, le besoin de protection et de tendresse la jetaient un jour ou l'autre dans les bras d'un être sans cœur qui ne saura que la torturer et la perdre ? A mon retour dans la salle de verdure j'y retrouvai Hortense et Léonce Hortense s'était glissée parmi les jeunes miss que leur âge condamne encore à un rôle effacé. Malgré de visibles efforts, les narines de la jeune fille frémissaient, des éclairs jaillissaient à chaque instant de ses yeux. Quant à Léonce, il faisait l'aimable auprès d'une jolie lady qui semble très-entichée de son titre de pairesse.

» —C'est une des gloires de Balzac de l'avoir pressenti, grasseyait-il avec son affectation habituelle de gravité dédaigneuse : la beauté, la supériorité intellectuelle sont le privilége exclusif des femmes de race. Sans doute Dieu fait pousser de temps à autre quelques jolies créatures très-plébéiennes, mais ce ne sont pas là des femmes. La vraie femme, la femme toute puissante et souveraine n'a jamais existé et n'existera jamais sans blason.

» Je me trouvais plus éloigné de Léonce que ne

l'était Hortense, et j'entendais très-distinctement ces paroles. Les traits de l'institutrice étaient violemment contractés.

» Il n'y avait chez Léonce aucune préméditation méchante, aucun désir de vengeance; naturellement, d'instinct, il débitait une platitude, il commettait une lâcheté.

» La nuit était tout à fait venue ; on parla de rentrer au salon.

» Quoique je m'aperçusse très-bien que miss Arabelle allait rester sans cavalier, je dérangeai plusieurs groupes pour offrir mon bras à Hortense.

» On dansa. Les danseurs étaient rares, et, selon l'usage anglais, chaque dame conservait celui qui l'avait choisie pour toutes les danses de la soirée. Léonce ne quittait pas la pairesse d'Angleterre; il ne semblait même pas songer à Hortense, qui, pâle de douleur, s'était cachée derrière le piano. Voulant sauver au moins une souffrance d'amour-propre à la jeune institutrice, j'allai la chercher, et je me fis son cavalier pour le reste de la nuit. Elle

m'en remercia par des regards dont la tristesse
m'alla au cœur.

» Ceci se passait, je te l'ai dit, il y a huit jours.

» Hier au soir, vers sept heures (n'oublie pas
qu'il est une heure du matin et que je pars à cinq
heures), j'étais dans l'*Ile-au-Moulin* avec mademoiselle de Cyntrix. L'Ile-au-Moulin, autrement nommée *General Post-Office*, est un tertre couvert de
verdure et de fleurs sauvages, qui s'élève entre les
deux bras d'un gros ruisseau. Du côté de l'écluse,
il suffirait d'étendre la main pour toucher les pa-
lettes moussues de deux énormes roues qui bruis-
sent à assourdir et envoient au loin de blancs flo-
cons d'écume. Quelques grosses pierres suffisent
pour rendre guéable le bras opposé du ruisseau ;
c'est de ce côté qu'on aborde l'île. A quelques pas
de là, l'eau, s'épandant sur un terrain bas et sa-
blonneux, forme une mare transparente et lim-
pide que les canards méprisent ; mais on y mène
boire les vaches, et les petits oiseaux s'y baignent.
L'Ile-au-Moulin est à égale distance, à dix minutes
de marche à peu près, de Sablonville et de l'ha-

bitation des Strawler. Les servantes des deux familles viennent chaque soir puiser de l'eau au-
dessous des roues du moulin ; cette eau battue a,
prétend-on, des vertus particulières. Les jeunes
miss ont imaginé d'utiliser ces fréquents voyages
pour faire parvenir leurs missives à mademoiselle
de Cyntrix..Ces missives sont déposées par les servantes des Strawler dans le tronc creux d'un saule
qui végète au bord de l'île; les servantes de Sablonville ont ordre d'explorer le vieil arbre avant
de remplir leurs cruches : d'où le second nom de
l'île.

» Le *General Post-Office* est aussi un but de promenade et un lieu de rendez-vous pour les habitants des deux châteaux. Personne dans le pays
n'eût trouvé étrange de voir mademoiselle de Cyntrix seule avec moi sur l'île. Le va-et-vient de gens
et de bêtes qui se fait à la porte du moulin et autour de la mare transforme cette solitude en une
sorte de place publique.

» A la veille d'une séparation, nous parlions de
mon père et de la grand'mère de Lucienne.

» — Ces deux natures en apparence si opposées s'aimaient, se comprenaient, disait Lucienne. Deux qualités les faisaient sœurs, l'extrême franchise et l'extrême bienveillance. Vous et moi, Michel, nous avons eu le grand bonheur de devoir nos premières joies, de donner nos premières tendresses à deux être vraiment bons.

» Que de fois j'avais pensé ce que disait Lucienne ! Elle se tut. J'étais trop ému pour parler. Je la contemplai longuement sans lui répondre. Un rayon qui filtrait à travers le feuillage d'un hêtre baignait ses cheveux blonds et mettait sur son front une auréole : ses yeux semblaient suivre, à la base de l'île, les ondulations des plantes flexibles que le courant de la cascade entraînait ; mais, on le voyait clairement, sa pensée était ailleurs. A quoi ? à qui pensait-elle ? je n'oserais le lui demander.

» — Au secours ! venez vite ou je me noie ! cria, tout à coup une voix de femme, moitié effrayée, moitié rieuse.

» Je tournai vivement la tête et j'aperçus Hor-

tense qui trébuchait sur les grosses pierres du ruisseau. Le danger ne pouvait être grand ; je m'é-
lançai cependant vers elle, et lui prenant la main,
je la conduisis dans l'île. J'avais déjà fait quelques
pas pour rejoindre mademoiselle de Cyntrix dont
la forme blanche apparaissait très-distinctement à
travers les arbres, quand Hortense posa sa main
sur mon bras.

» — Il faut que je vous parle, murmura-t-elle
d'une voix agitée, ici, à l'instant même ; je n'ai
que quelques minutes à moi : c'est pour vous voir
seul que j'ai feint la terreur.

» Je regardais avec étonnement la belle jeune
fille. Elle s'appuya contre un arbre tout au bord
de l'eau.

» — Vous partez demain pour l'Angleterre ? me
dit-elle après un instant de silence.

» Je fis un signe de tête affirmatif.

» — Eh bien, continua-t-elle toute tremblante,
le rouge au front, je veux partir avec vous.

» Ma surprise fut si grande que je ne trouvai
pas de réponse.

» — Vous pensez que je dispose un peu légère-
ment de votre personne, reprit Hortense avec un
sourire triste ; je ne vous demande cependant
qu'une protection de quelques heures et le courage
de rompre avec une situation atroce, impos·
sible !...

» Des larmes roulèrent sur les joues d'Hortense ;
elle couvrit ses yeux de son mouchoir ; des sanglots
soulevaient sa poitrine.

» — Si vous pouviez savoir, a-t-elle balbutié, à
quelles insultes je suis exposée ici?

» — Léonce ! m'écriai-je sans réflexion.

» La jeune fille écarta son mouchoir et releva
vivement la tête.

» — Léonce ! fit-elle avec une anxiété fébrile,
Léonce ! qui donc vous a parlé de lui ?

» — Personne, m'empressai-je de répondre ; ce
nom m'est échappé par hasard.

» Cette affirmation sembla rassurer Hortense.

» — Il ne s'agit pas de Léonce, a-t-elle repris
avec abattement. Celui qui m'humilie, celui qui

m'outrage, c'est celui-là même qui devrait me défendre contre tous...

» Et les larmes de la jeune fille recommencèrent
à couler.

» — Voilà pourquoi je dois fuir, quitter la France
sans retard. Si je disais tout haut mon projet, on
voudrait me retenir; et comment accuser devant sa
femme, devant ses enfants, l'époux, le père, le chef
de la famille ?...

» Je crus comprendre... Pauvre Hortense !...

» — Je suis entièrement à votre service, lui ai-
je dit.

» — Quand partez-vous ? reprit Hortense avec
l'accent d'une décision irrévocable.

» — Dans quelques heures, à cinq heures du
matin.

» — Comment vous rendrez-vous au chemin de
fer ?

» — En voiture.

» — Le domestique de M. de Cyntrix vous ac-
compagnera. Alors, je partirai seule à minuit, et je

serai avant vous à S'''. Pas un mot de tout ceci à qui que ce soit, ajouta-t-elle d'un ton suppliant.

» — Mademoiselle de Cyntrix est ici, à quelques pas de nous ; il n'y aurait aucun inconvénient, il me semble, à lui confier votre dessein, à lui faire vos adieux.

» — C'est impossible, dit Hortense d'une voix brève. Promettez-moi le silence le plus absolu, je vous en conjure.

» — Je vous le promets.

» — A demain, alors, m'a dit la jeune fille avec résolution en me tendant la main. Je vous expliquerai en route pourquoi je veux aller en Angleterre. Il est trop tard ce soir ; mon absence pourrait éveiller des soupçons. Adieu, et merci !

» Et Hortense disparut derrière les arbres.

» Je restai encore quelques instants immobile, songeant aux rudes épreuves qu'a déjà subies cette jeune fille et aux souffrances plus grandes encore qui l'attendent peut-être. Seule en Angleterre, que deviendra-t-elle ?

3.

» Ma physionomie devait trahir mes préoccupations et un certain embarras, quand je rejoignis Lucienne. Que pensait mademoiselle de Cyntrix de ce long tête-à-tête avec Hortense? Peut-être attendait-elle une explication?... Ne voulant pas mentir, je fus d'une maladresse inouïe. Je demandai à Lucienne son opinion sur un article de journal que nous avions lu ensemble le matin. Bientôt elle se leva. Nous quittâmes l'île, et nous marchâmes l'un près de l'autre jusqu'à Sablonville, ne rompant un silence glacial que pour nous communiquer quelque observation insignifiante.

» A l'entrée du parc, nous rencontrâmes l'oncle Étienne; il s'avança vers moi et me serra la main avec effusion.

» — Vous nous reviendrez sans tarder? me dit-il.

» — Dans quelques semaines.

» — Ne vous faites pas trop attendre, nous avons absolument besoin de vous ici; n'est-ce pas, Lucienne?

» — Certainement, a dit mademoiselle de Cyntrix.

» Je ne me suis pas trompé, il y avait de la froideur, de la contrainte dans son accent.

» On soupe vers dix heures à Sablonville. A minuit, la famille de Cyntrix me faisait ses adieux. M. de Cyntrix fut affectueux et cordial ; madame de Cyntrix plus gracieuse que je ne m'y attendais ; Léonce lui-même ne manqua pas de politesse. Mais Lucienne !... Lucienne était triste...

» — Au revoir ! lui dis-je en lui tendant la main.

» — Au revoir ! répondit-elle.

» Le son de sa voix, son regard, disaient adieu.

» Je le comprends : mademoiselle de Cyntrix doit m'accuser au fond du cœur de jouer auprès d'Hortense le rôle qu'hier j'attribuais à son frère. Mais pouvais-je refuser un service demandé avec des larmes ; pouvais-je violer ma parole, trahir Hortense ? Non, Lucienne me mépriserait si j'avis agi de la sorte. En arrivant à Londres, j'écrirai à l'oncle Étienne ; le secret d'Hortense aura perdu alors toute son importance ; Lucienne lira la lettre ; elle sera la première à m'approuver.

» J'entends ouvrir la porte de l'écurie, les roues

du char à bancs font crier le sable de la cour. Dans
quelques minutes, je serai loin d'ici. A bientôt. »

IV

» Conseille-moi, Maxime, viens à mon aide. Je
suis au désespoir. J'ai reçu ce matin un billet de
madame de Cyntrix ; madame de Cyntrix m'accuse
d'avoir enlevé Hortense, de l'avoir déshonorée, de
l'avoir perdue. J'ai bien compris aussi qu'elle entend ne plus me recevoir. Anéanti de surprise et
de douleur, j'ai montré ce billet à Hortense.

» — Pouvez-vous m'expliquer la colère de madame de Cyntrix ? lui ai-je dit.

» — Parfaitement, m'a répondu Hortense avec le
plus grand sang-froid. J'ai écrit, il y a trois jours, à
madame de Cyntrix. La lettre que vous venez de

lire est une conséquence naturelle, nécessaire de la mienne.

» — Ainsi, c'est vous qui m'avez calomnié ?

» — Oui, c'est moi.

» Cette réponse ne me causa aucun étonnement ; depuis quelques jours, je connaissais Hortense, mais tu ne la connais pas, toi ; avant de te consulter sur le parti qui me reste à prendre, il est indispensable que je te raconte ce qui s'est passé entre cette jeune fille et moi depuis mon départ de France.

» Comme elle l'avait annoncé, Hortense se trouvait avant moi à la station de S..., nous montâmes dans le même wagon, et le hasard nous y laissa seuls jusqu'à Dieppe ; Hortense semblait extrêmement découragée.

» — La femme d'un lord du parlement, me dit elle, personne âgée et d'un esprit remarquable, dont elle avait fait la connaissance chez les Strawler, désirait depuis longtemps l'avoir auprès d'elle ; Lady Tournhouse n'avait pas d'enfants et voyageait sans cesse. Hortense serait pour elle une véritable compagne. Vers la fin d'août, lady Tournhouse se

rend invariablement à Brighton; il serait aisé de
la découvrir dans cette petite ville. Hortense savait d'ailleurs l'adresse de son homme d'affaires à
Londres.

» Cette perspective me parut assez rassurante, et
je m'efforçai de faire entrevoir à Hortense un paisible avenir. La jeune fille ne me répondait guère
que par des larmes.

» Les heures que nous passâmes à Dieppe furent
occupées par l'ennuyeuse nécessité de nous procurer à tous les deux des passe-ports. Je connaissais
heureusement dans cette ville quelques personnes
qui nous tirèrent d'embarras. Le lendemain matin,
nous déjeunions à Londres dans un hôtel français
de Leicester square.

» J'avais passé, il y a quatre ans, plusieurs semaines à Londres; mais Hortense ne connaissait
pas cette ville. Je lui proposai naturellement quelques promenades. Nous visitâmes ensemble les
parcs, Richmond, Windsor, et, comme la campagne
est de beaucoup ce que je préfère dans les villes,
j'affirmais de bonne foi à Hortense que Londres était

le plus charmant séjour du monde. La jeune institutrice semblait complétement de mon avis. A
part quelques rares instants de mélancolie, elle se
montrait gaie, enthousiaste, pleine d'animation et
d'une affectueuse franchise que je ne soupçonnais
pas chez elle. De temps à autre, elle parlait de lady
Tourhouse, sans faire cependant aucune démarche
pour la revoir. J'étais loin de le regretter; je m'é-
tais pris à aimer cette belle jeune fille comme une
sœur, et je me trouvais heureux de la conserver le
plus longtemps possible auprès de moi. Six ou sept
jours après notre arrivée à Londres, je communi-
quai à Hortense mon intention d'écrire à l'oncle
Étienne toute la vérité sur sa fuite. Elle me pria de
n'en rien faire. J'insistai; dans l'intérêt même
d'Hortense, cette démarche me paraissait indispensable.

» — Encore quelques jours! encore quelques
jours! Ne me refusez pas cela, me répéta-t-elle en
pressant mes deux mains dans les siennes.

» Son accent soumis et désolé m'étonna.

» A partir de ce moment, Hortense devint d'une

morne tristesse. Ses regards, tour à tour pénétrants
et abattus, se fixaient incessamment sur moi. Si mes
yeux rencontraient ses yeux, elle semblait confuse,
honteuse, et abaissait en rougissant ses longues
paupières.

» L'idée qu'Hortense m'aimait pénétra enfin dans
mon esprit. Je la repoussai bien loin. A moins d'être
un fat, on croit difficilement à l'amour d'une femme
qu'on n'aime pas soi-même.

» Un soir, il y a de cela cinq jours, nous nous
trouvions dans Hyde-Park, Hortense voulut quitter
les allées envahies par les promeneurs. Nous nous
enfonçâmes sous les grands chênes qui bordent la
Serpentine, et nous ne tardâmes pas à nous asseoir
au bord de l'eau. Dans certaines parties d'Hyde-
Park, on se croirait aisément à mille lieues de
toute demeure humaine. Aucun murmure de la
grande cité n'arrivait jusqu'à nous. La brume
épaisse qui estompe presque toujours les arrière-
plans des paysages anglais, était traversée par les
derniers rayons du soleil. Chênes séculaires, loin-
tains bateaux, ponts suspendus, roches de la rive,

à l'horizon tous les objets semblaient nager dans un fluide d'or. Devant nous, la Serpentine coulait paisible, reflétant les troncs rugueux et le feuillage déja bruni des chênes ; des flottes d'oiseaux aquatiques descendaient mollement le courant ; sur le sable, à nos pieds, s'ébattaient de grands cygnes blancs.

» On ne saurait le nier, la campagne anglaise a des beautés toutes spéciales : sur cette terre des fleuves et des brouillards, la verdure, le gazon, les fleurs, les animaux mêmes, semblent emprunter à l'eau sa transparence verdâtre, au brouillard ses contours indécis et les tons vaguement irisés de l'opale.

» Hortense restait indifférente à ce spectacle. Appuyée contre un arbre, la tête inclinée, les yeux à moitié voilés par ses mains, elle s'absorbait dans une méditation profonde.

» — Qu'avez-vous, Hortense ! me hasardai-je à lui demander.

» Après quelques minutes d'un complet silence, la jeune fille écarta lentement ses deux mains et

tourna vers moi son beau visage inondé de larmes.

» — Vous ne m'aimerez jamais, murmura-
t-elle d'une voix résignée en me tendant la main.

» Troublé, hésitant, je fus un moment sans répondre. Enfin j'allais parler.

» — De grâce, pas un mot, reprit Hortense avec
exaltation ; si vous ne m'aimez pas comme je vous
aime, plus que votre vie, plus que tout au monde,
plaignez-moi, mais ne m'infligez pas le supplice des
consolations banales.

» Elle détourna la tête et continua de pleurer.

» — Chère Hortense ! dis-je en pressant la main
qu'elle avait laissée entre les miennes.

» Hortense se retourna vivement. Un éclair de
joie illumina ses traits. Elle se pencha vers moi,
et resta immobile, les yeux attachés sur les miens ;
l'anxiété se lisait dans sa physionomie et dans
sa pose. Jamais je n'ai été aussi près qu'en ce
moment de m'abuser volontairement moi-même.
Par un suprême effort, je me levai et je m'éloignai
de quelques pas.

» — Folle! s'écria Hortense d'une voix sourde en pressant sa tête entre ses deux mains. Pauvre folle!... Ne sais-je pas qu'il en aime une autre? Vous aimez Lucienne, articula-t-elle lentement en attachant sur moi un regard fixe et scrutateur.

» — C'est vrai, murmurai-je.

» C'était la première fois que je me faisais à moi-même cet aveu.

» La physionomie d'Hortense changea soudainement d'expression pendant que je prononçais ces mots.

» — Je le savais depuis le premier jour où je vous ai vus ensemble ; mais je me croyais la puissance de vous faire oublier cette femme. Je comptais retourner mariée en France, ajouta-t-elle avec un sang-froid dédaigneux qui me stupéfia.

» J'avais devant moi une comédienne consommée : toute mon émotion s'évanouit.

» — J'aurais été un bien triste parti pour vous, lui dis-je en souriant avec un peu d'effort.

» — Hélas! murmura Hortense, il n'y a pas de triste parti pour une pauvre fille comme moi.

» Ce n'était déjà plus la même femme. Ma pitié se réveilla.

» — Vous étiez donc bien malheureuse chez les Strawler? lui dis-je.

» — Malheureuse! Oui et non, répondit Hortense avec amertume; ces gens-là étaient excellents pour moi; mais je les détestais tous. De quel droit ces pâles et insignifiantes ladys passaient-elles leurs journées à se faire belles et à se laisser adorer, tandis que je devais, moi, travailler pour vivre? Non, ajouta-t-elle avec vivacité, non, je ne suis pas faite pour subir de telles humiliations.

» — Il n'y a aucune humiliation dans le travail, repris-je.

» — Vous trouvez! repartit Hortense avec ironie; connaissez-vous une femme du monde qui ne méprise pas quelque peu les institutrices, sous-maîtresses et demoiselles de compagnie qu'elle emploie?

» — C'est un préjugé qu'il appartient aux personnes telles que vous de détruire.

» — Détruire les préjugés! s'écria la jeune fille avec fougue; non, certes, car je me sens assez d'esprit et de beauté pour les exploiter. Moi, flétrie avant ma naissance par vos lois et par vos coutumes; moi, sans famille, sans nom même, je veux me marier au plus vite, parce que le mariage, par quelque voie que j'y parvienne, me donnera ce que je demanderais en vain à une existence laborieuse et dévouée : la considération ; et qui sait, ajouta-t-elle avec défi, peut-être les honneurs, les plaisirs et la fortune? Il n'y a qu'une femme laide et stupide qui puisse songer à travailler ! Cependant, continua-t-elle avec abattement, comme se parlant à elle-même, j'ai échoué jusqu'ici ; mais c'est ma faute. Il fallait être folle pour compter sur cet être vaniteux et borné.

» Je compris qu'elle songeait à Léonce.

» — Quand à vous, ajouta-t-elle en changeant brusquement d'intonation et en me tendant la main avec un geste plein de tendresse ; quant à vous, je croyais pouvoir me fier à votre cœur; vous aviez été si bon pour moi! Comme je vous aurais aimé!...

» Parlait-elle sincèrement? jouait-elle un rôle

pour m'attendrir? Peut-être ne le savait-elle pas elle-même.

» — Partons, mon ami, la nuit vient, poursuivit-elle avec douceur après un silence.

» Elle prit mon bras et nous revînmes à pied jusqu'à notre hôtel, causant par moments de choses indifférentes, comme si nous avions oublié tous les deux la conversation du bord de l'eau, le plus souvent muets et pensifs.

» Nous entrâmes dans la chambre d'Hortense. Hortense s'étendit à moitié sur un canapé; j'étais assis en face d'elle; une petite table supportant la lampe se trouvait entre nous. Hortense semblait lire avec attention le feuilleton d'un journal. Tout à coup elle lança violemment le papier loin d'elle.

» — Vous! le seul homme que j'estime! vous me considérez maintenant comme une intrigante!... s'écria-t-elle en éclatant en sanglots.

» Singulière fille! Je m'élançai vers elle et je la serrai contre mon cœur. Elle s'échappa, ouvrit une fenêtre et s'y accouda pendant quelques secondes.

» — Adieu! me dit-elle en souriant quand elle

revint vers moi ; selon la formule usitée en semblable circonstance, je vous demande votre amitié
que vous ne me refuserez probablement pas. Soyez
tranquille sur mon compte, ajouta-t-elle en rele-
vant la tête avec une audacieuse résolution. Je
réussirai!... quand mon cœur sera tout à fait
mort... ajouta-t-elle à voix basse.

» Je demeurai confondu par ce mélange d'abandon naïf et de rouerie, de fougue aveugle et d'im-
passible calcul.

» — Pauvre Hortense! me disais-je une fois seul
dans ma chambre. Quelles tortures a-t-elle donc
subies pendant les premières heures de sa vie pour
être ainsi à vingt ans? Non, ce n'est pas son cœur
qu'il faut accuser de cette corruption précoce! Si
elle n'avait pas dit vrai, si je n'aimais pas Lucienne, je l'aimerais certainement, elle, et je la
sauverais de ses mauvaises passions. Il doit y avoir
d'immenses ressources pour le bien dans cette
énergique nature. Hélas! en ce moment même
Hortense écrivait à madame de Cyntrix d'odieuses
accusations contre moi.

» — Il faut préparer ma rentrée en France, me disait-elle il y a une heure ; j'aurai grand besoin d'y trouver des protecteurs, car pour rien au monde je ne veux retourner chez les Strawler. Ma lettre à madame de Cyntrix m'innocente à peu près complétement sans vous charger outre mesure. En France, ce n'est pas un grand crime à un homme que de courtiser une jeune fille et d'exalter son imagination au point de la faire consentir à un enlèvement, pour lui donner ensuite à entendre qu'on n'avait pas sur elle des vues fort légitimes. — J'ai espéré, a ajouté Hortense, que vous voudriez bien me pardonner cette fable ; en tout cas, j'ai cru pouvoir compter sur votre discrétion.

» Là-dessus elle m'a serré la main, est montée dans un *cab* et s'est dirigée vers le chemin de fer. Ses préparatifs de départ étaient faits depuis deux jours.

» Me voici donc chassé de la famille de Cyntrix. Que pense de moi Lucienne ?... Que pense de moi l'oncle Étienne ?... Comment les désabuser, com-

ment regagner leur estime?... Je suis horriblement
malheureux.

» Les caisses de Calcutta sont enfin arrivées à
Londres. J'ai passé ces dernières journées chez sir
Browning à déballer, à classer, à ranger tous les
objets recueillis par mon père. Pauvre père! il m'a
élevé dans des idées d'indépendance et dans l'a-
mour de la vérité. Son indulgence était sans
bornes, son cœur m'était toujours ouvert. Peut-
être une autre éducation est-elle nécessaire à ceux
qui doivent vivre au milieu des hommes! »

V

Madame Limières, femme du meilleur monde,
connaissance intime de la famille Cyntrix, passait à
juste titre pour fort originale. Mariée à vingt-trois ans
à un employé des finances, elle en avait eu deux
garçons qu'elle avait élevés tant bien que mal, et,
jeune encore, était devenue veuve sans que les

inquisiteurs les plus experts (et Dieu sait combien sont experts les inquisiteurs de salon!) eussent pu trouver à mordre sur sa conduite personnelle. Jamais non plus l'avancement de M. Limières, qui mourut du reste simple sous-directeur, ne fut attribué aux intrigues de sa femme. Telle que nous venons de la dépeindre, madame Limières, cependant, ne vivait que d'intrigues et d'histoires d'amour. Ses journées se passaient à écouter des confidences, à combiner des entrevues, à conjurer des ruptures, à desservir les uns, à exalter les autres outre mesure. Elle exaltait, en général, tous ceux qui sollicitaient son intervention dans leurs affaires d'intérêt ou de cœur; elle s'était même surprise ouvrant sa bourse à ses protégés. Notez qu'en dehors de sa manie de *protectorat* universel, madame Limières était prude et tant soit peu avare.

Madame Limières et ses pareilles devraient donner à réfléchir à ceux qui séparent les gens en catégories bien tranchées : avares, prodigues, généreux, égoïstes, braves, poltrons, chastes, débauchés, et qui s'indignent, qui crient au miracle dès que les faits viennent déranger leur classification étroite. Madame Limières restait un sujet de perpétuel étonnement pour ses connaissances ; son caractère, ses actions, étaient sans cesse analysés, discutés ; les uns la disaient bonne, d'autres l'accusaient d'être excessivement méchante. La vérité est que, se mêlant avec passion de beaucoup de choses, elle faisait parfois du bien sans bonté, et souvent du mal sans aucune méchanceté. Son plus grand défaut était de raconter à tout venant les secrets qu'on lui confiait ; c'était encore une manière de se rendre nécessaire ; car bien qu'on l'en blâmât, l'existence des femmes du monde est si morne et si vide, que celles-là mêmes qui s'indignaient le plus de ces incessants commérages attendaient impatiemment ses visites.

Hortense avait vu plusieurs fois madame Limières chez madame de Cyntrix ; assez perspicace pour la juger, elle se rendit directement chez elle le jour même de son arrivée à Paris et lui raconta avec des larmes l'histoire qu'elle s'était inventée.

En de telles circonstances, madame Limières devait immanquablement raffoler d'Hortense. Huit jours ne s'étaient pas écoulés qu'elle l'avait fait chanter chez un prince russe et lui avait procuré six élèves. Madame de Cyntrix s'intéressa aussi à l'ex-demoiselle de compagnie et lui envoya des lettres de recommandation pour des personnes haut placées. Hortense avait maintenant une histoire romanesque attachée à son nom; ses autres séductions aidant, c'était un pas immense vers le genre de succès qu'elle rêvait. Quelques semaines plus tard, madame Limières comptait un protégé de plus, et ce protégé n'était autre que l'ami de Michel, Maxime Baldiani. L'intimité des deux jeunes gens datait seulement de quelques mois. A son retour d'Afrique, Michel rencontra Maxime dans un café de Marseille, et Maxime, reconnaissant Michel pour un camarade de collège, lui fit aussitôt mille prévenances. Le lendemain Michel l'appelait son ami. A part le caractère particulier de Michel, l'extérieur et les manières de Maxime justifiaient une sympathie si prompte. Quoique né en France,

Maxime, comme son nom l'indiquait, avait du sang italien dans les veines ; sa remarquable beauté, ses élans d'enthousiasme, sa tendresse démonstrative, le disaient assez d'ailleurs. Une éducation faite tout entière à Paris avait développé largement son intelligence ; rien de plus merveilleux que sa faculté d'assimilation ; deux mots dits devant lui, une impression de physionomie fugitive, il saisissait tout au vol et reproduisait aussitôt avec une puissance double le sentiment ou l'idée exprimée. Artiste d'instinct, il dessinait, peignait, faisait des vers, et s'occupait surtout de musique. Quand le hasard le mit en face de Michel, il arrivait d'Italie où il avait essayé de faire jouer un opéra. Une opposition toute politique l'avait, disait-il, obligé de retirer sa pièce. Son voyage, son séjour à Florence, ses innombrables démarches ayant épuisé toutes ses ressources, il revenait à Paris sans trop savoir ce qu'il y deviendrait. Michel, riche de ses deux mille francs de rente, lui offrit la moitié d'une mansarde. La proposition fut acceptée, et à partir de ce moment les deux jeunes gens vécurent en frères. Profondément attristé par la mort récente de son père, Michel se jeta avec transport dans cette amitié nouvelle; il s'exagéra la valeur de Maxime jusqu'à le considérer comme un homme tout à fait supérieur. Le caractère du jeune méridional se prêtait du reste à cette illusion. Maxime se montrait aussi fougueux, aussi naïf, aussi sincère dans ses sympathies, dans ses indignations et dans ses haines que l'était Michel lui-même. Une seule différence existait entre eux : les sympathies, les indignations, les haines de Michel dominaient invinciblement sa conduite; tandis que Maxime, si emporté, si imprudent en paroles, déployait dans toutes ses actions une prévoyance, une sagacité, une finesse exemplaires. L'alliance d'une imagination vive, d'un tempérament ardent, avec une conscience facile et une âme égoïste produisait tout naturellement ce contraste.

Par intérêt pour son ami, un peu aussi par curiosité personnelle, Maxime avait trouvé moyen de lier connaissance avec Hortense avant même que Michel eût quitté l'Angleterre. Ce fut Hortense qui le présenta chez madame Limières.

— Je saurai par cette dame ce qui se passe chez
les Cyntrix, disait-il à Michel. Il est impossible
qu'on te tienne éternellement rigueur d'une aventure qui, en somme, n'a fait de mal à personne.
Hortense est une charmante fille, mais ce serait
être par trop sa dupe que de lui sacrifier ton
amour pour mademoiselle de Cyntrix. Une demi-
confidence à cet excellent oncle Étienne arrangera
tout.

Quelque jours plus tard, Maxime apprenait de
mauvaises nouvelles à son ami. L'oncle Étienne
était à Heidelberg où il devait passer une partie de
l'hiver, M. de Cyntrix voyageait en Russie pour ses
affaires, et madame de Cyntrix, plus souffrante,
plus ennuyée encore que de coutume, étonnait
ses amis par la singulière résolution qu'elle venait de prendre d'habiter toute l'année la campagne.

— Viens chez madame Limières, c'est une
femme admirable dans les circonstances difficiles ;
en quinze jours elle t'aura raccommodé avec les

Cyntrix sans qu'Hortense ait rien à dire, répétait Maxime à son ami.

Ces combinaisons, ces intrigues répugnaient à Michel.

— Non, répondait-il, non; à peine pourrais-je me résigner à agir ainsi si je me croyais aimé de Lucienne, et Lucienne ne m'aime pas, Lucienne ne m'a jamais aimé. D'ailleurs, m'aimât-elle, je devrais encore la fuir. J'étais fou à Londres; le charme, les emportements d'Hortense m'avaient troublé la tête et le cœur. Tâchons d'être un peu utiles en ce monde, mon pauvre Maxime, puisque nous ne pouvons pas y être heureux.

Et Michel se replongeait avec rage dans l'étude.

Un matin, Maxime annonça à son ami qu'il partait pour Sablonville avec madame Limières.

— C'est une mission diplomatique que je me suis donnée à moi-même, dit-il à Michel en lui serrant la main. Quoi que tu en dises, tu n'es pas né pour cette existence de bénédictin; il me faut mon Michel d'autrefois. Je ne vais pas chercher ta raison dans la lune, mais ta gaieté en Normandie.

VI

Le jour était froid et triste, un vrai jour de dé-
cembre ; la carriole, dont il a déjà été question
dans la première lettre de Michel, roulait pénible-
ment sur un terrain détrempé par la pluie. Placée
tout au fond, derrière quatre paysans normands qui
regagnaient leur village, madame Limières exprimait à chaque instant le regret d'avoir cédé à sa
fantaisie voyageuse. Elle essayait bien de raconter
à Maxime, assis auprès d'elle, quelques anecdotes
relatives aux sites qu'ils traversaient (tous les sites
de France rappelaient des anecdotes à madame
Limières) ; mais les rafales de vent, la pluie glacée, qui pénétraient dans la carriole par une portière sans vitres et sans rideaux, troublaient ses
souvenirs et ôtaient toute verve à ses récits.

Loin cependant d'être une petite maîtresse, madame Limières affichait un grand dédain pour les

délicatesses exagérées des femmes, pour les mille
embarras dont elles compliquent l'existence; elle
agissait volontiers en *bon garçon* qui ne craint rien.
Cette prétention valut à Maxime de patauger en
pleine nuit, la tête sous la pluie, dans des sentiers impraticables. La carriole étant arrivée très en
retard à S**, aucun loueur de voiture ne voulut
se risquer par les chemins à cette heure avancée;
il fallut faire à pied la longue route que Michel
avait décrite à son ami. Quand les deux voyageurs,
harassés de fatigue et ruisselants de pluie, attei-
gnirent enfin Sablonville, une femme de chambre
leur apprit que madame de Cyntrix gardait le lit
depuis deux jours, et que M. Léonce était à Paris.
Madame Limières se fit conduire sans retard dans
la chambre de madame de Cyntrix.

Resté seul dans l'appartement où l'on avait
transporté ses bagages, Maxime fut bien près de se
considérer comme un martyr de l'amitié. Les mille
contrariétés de la journée, l'aspect morne de Sablonville, les idées de maladie, d'isolement,
éveillées en lui par les discours de la femme de

chambre, avaient fortement ébranlé sa nerveuse
organisation. Il s'abandonnait depuis près d'une
demi-heure aux plus mornes méditations, quand
un domestique vint le prévenir que mademoiselle
de Cyntrix l'attendait au salon. Ce fut sans empressement aucun qu'il répara le désordre de sa toilette. Le splendide tableau esquissé par Michel, la
belle jeune fille aux cheveux d'or, enveloppée de
rayons pourprés, apparaissant tout à coup au milieu du lac comme *une reine de beauté et de lumière*, était à ce moment bien loin de son esprit.
Il n'éprouvait guère d'autre sentiment que l'ennui en pénétrant dans le salon où se trouvait
Lucienne.

Ce salon, exclusivement décoré pour l'été, était
tendu en étoffe de couleur claire; des guirlandes
de verdure, enroulées autour de longues gerbes de
fleurs, se détachaient sur un fond de satin gris de
perle, les mêmes gerbes jonchaient l'épais tapis
qui recouvrait le parquet. Des buissons de bruyères
et de camélias garnissaient l'embrasure des croi-
sées. Au fond du salon, derrière la cheminée, une

glace sans tain laissait voir une serre remplie de
plantes exotiques. La lueur vacillante de deux
lampes en verre de Bohême, suspendues à des pal-
miers nains, moirait l'eau d'un bassin en miniature. Dans ce demi-jour, les bras épineux des
cactus, les gigantesques feuilles du bananier, les
panaches déliés du mimosa, les tiges des grands
bambous, les mille lianes qui s'accrochaient d'arbuste en arbuste pour retomber en folles cascades,
donnaient l'illusion d'un mystérieux recoin de sa-
vane tropicale. Assise auprès de la cheminée, sur la
limite de la *forêt vierge* et du salon moderne, Lucienne, par son genre de beauté, par son costume
même, était en parfaite harmonie avec ce contraste.
Une longue robe en cachemire blanc, brodée de
fourrures, laissait deviner les contours de sa taille
souple et fine; des manches flottantes, pendant
très-bas et ouvertes jusqu'au coude, découvraient
des bras charmants, ornés seulement d'un bracelet
d'or. Cette simplicité riche et bizarre faisait vaguement songer à d'autres siècles, à d'autres climats; la tête de Lucienne était pourtant bien celle

d'une Française de nos jours. Une peau transparente et rosée, des traits délicats et spirituels, un nez plutôt relevé qu'aquilin, un front calme et fier, des yeux noirs un peu voilés, doux et profonds, qui semblaient plus noirs, plus profonds, plus doux sous de nuageux cheveux blonds relevés vers les tempes et se confondant ensuite avec des tresses dorées qui retombaient très-bas sur un cou d'une délicatesse merveilleuse : voilà ce qui ravit, dès le premier regard jeté sur mademoiselle de Cyntrix, les yeux et l'imagination de Maxime.

Mais ce qui faisait l'irrésistible charme de Lucienne, ce n'était ni son extrême beauté, ni la gracieuse bienveillance empreinte sur ses traits, ni la vive intelligence qui rayonnait dans son regard. Beaucoup de jeunes filles sont belles, d'autres sont bonnes, quelques-unes aussi sont intelligentes ; mais toutes les jeunes filles (nous parlons des Françaises et des jeunes filles du monde) vivent courbées, écrasées sous une préoccupation unique, le *mariage*. Quoi qu'elles disent ou qu'elles fassent, quelque indépendance qu'elles affectent, toutes

5

sont convaincues que leur destinée entière dépend de l'estime, de l'amour, de l'intérêt ou du caprice des hommes qu'elles rencontreront sur leur route, entre dix-huit et vingt-cinq ans. Combien de jeunes filles, mortes vieilles filles, eussent été d'heureuses épouses et d'heureuses mères, si leur juste orgueil, leur anxiété, leur contrainte, ne leur avaient pas enlevé toutes leurs séductions, toute leur grâce native! Les jeunes filles riches n'échappent point à la loi commune : si elles ont à peu près la certitude de rencontrer un mari, elles sont moins libres que les autres dans leur choix ; les parents sont là, détenant la dot et résolus à ne l'échanger que contre des titres dûment visés par le notaire. Une sympathie naissante pour un jeune homme pauvre est regardée par les plus vulgaires comme un danger, par les meilleures comme une désobéissance, par toutes comme une faute grave.

L'irrésistible charme de Lucienne, c'était sa parfaite aisance, sa complète franchise d'allure, sa sincérité d'âme libre. Elle devait tout cela à l'oncle Étienne.

— Aime qui tu voudras, marie-toi comme tu l'entendras, lui avait-il souvent répété. Si tu choisis un homme sans fortune, ne t'inquiète pas de l'opposition de tes parents ; les billets de mille francs dont la destinée m'a rendu possesseur serviront à lever les obstacles. Après avoir dirigé comme je l'ai fait tes sentiments et tes idées, c'est un devoir pour moi que de te soustraire à tout esclavage.

Avant que madame Limières entrât au salon, précédée d'un domestique qui annonçait le souper, Maxime passa près d'une heure en tête-à-tête avec mademoiselle de Cyntrix. Il en fallait moins pour le rendre fou d'enthousiasme et d'amour. Il comprenait maintenant ce que voulait dire Michel, quand il lui écrivait que sa camarade d'enfance était un étrange jeune fille.

Étrange!... — Maxime aurait écrit : sublime!

Il est infiniment rare de nos jours qu'un homme et une femme puissent causer tant soit peu sérieusement et s'entendre. Il est presque sans exemple qu'ils soient sincères l'un envers l'autre ; du côté de l'homme, ce sont de perpétuelles réticences, des madrigaux, au fond une indulgence dédaigneuse; chez la femme, c'est une affectation parfois un peu ironique de sentiments vertueux, résignés, dévots, ou bien encore un dévergondage d'imagination sans pareil, le mépris de tout frein, de toute règle; dans les deux cas, une ignorance radicale des questions qui préoccupent l'homme; aucune sympathie, pas même de curiosité pour elles. Ceux qui veulent trouver dans ce fait une preuve de l'infériorité native et irrémédiable de la femme ne commettent-ils pas une grossière erreur? Est-ce que les Arnauld, les Pascal, les Saint-Cyran n'étaient pas compris de leurs mères, de leurs sœurs? Est-ce que les femmes de tout âge, de toute condition, entraînées au désert par leur austère parole, ne possédaient pas assez d'élévation d'esprit pour s'associer à leurs travaux, assez d'énergie de caractère pour lutter seules, les dernières, quand vinrent les jours de la persécution et du martyre? Les hommes et les femmes d'alors avaient une même foi, un même but, ils marchaient à ce but par une voie sem-

blable; tous étaient égaux devant la Grâce. Aujour-
d'hui, l'idéal s'est déplacé, et cette égalité n'existe
plus. Devons-nous le regretter ? Le règne de la
Grâce n'était-il pas le règne du privilége et de l'ar-
bitraire ? Autre est ce monde nouveau de la science
et du travail où les hommes supérieurs de notre
époque ont déjà fait les premiers pas. Là il faut
chercher réellement pour trouver ; il faut mériter
pour obtenir. Si devant cette conquête, due aux
cœurs dignes et forts, la plupart des hommes s'arrêtent encore hésitants, si beaucoup se cramponn-
nent aux informes débris du paradis perdu de la
rêverie et du bon plaisir, comment s'étonner que
les femmes s'inquiètent peu de la patrie nouvelle ?
Remarquons-le, d'ailleurs, non-seulement toutes
les issues de ce nouveau monde leur sont soigneusement fermées, mais des croyances mystiques du
passé, il ne reste aujourd'hui que des intérêts très-
mondains créés et longtemps étayés par ces croyances ; et comme, dans leur état de scepticisme actuel,
les hommes se sentent impuissants à sauvegarder
ces intérêts, ils déploient toutes les séductions de

leur éloquence, toutes les rigueurs de leur dialec-
tique pour persuader aux femmes de s'en constituer
les gardiennes. Mais l'humanité ne se scinde pas
impunément : depuis que l'homme ne courbe plus
lui-même la tête sous le joug qu'il voudrait imposer
à la femme, la femme n'est plus pour lui ni une
consolation, ni un auxiliaire ; c'est une esclave
hypocrite ou un capricieux tyran. L'oncle Étienne
avait fait toute autre chose de Lucienne : s'inquié-
tant peu des traditions, des usages, des préjugés
d'une société qu'il ne connaissait d'ailleurs lui-
même que théoriquement, il avait communiqué à
son élève sa généreuse droiture de cœur, et la passion dominante des grandes natures, l'amour exalté
du vrai. Jamais, devant quelque question que ce
fût, Lucienne ne se préoccupait de son intérêt
propre, jamais la prudence ne glaçait la parole sur
ses lèvres. Elle traitait les plus graves matières,
elle affichait une grande hardiesse de vues, sans
songer qu'on pouvait l'accuser d'excentricité ; elle
défendait avec une généreuse sympathie les êtres
souffrants et dégradés, sans avoir l'idée que cette

indulgence sans bornes appellerait peut-être le
blâme sur celle-là même qui la pratiquait. Ayant
toujours été entourée de bien-être, de tendresse et
d'hommages, elle conservait à dix-neuf ans l'abandon, les caprices, les exigences gracieuses de l'enfance.

Pour faire valoir Maxime, madame Limières raconta pendant le souper l'histoire de son opéra italien, en exagérant singulièrement les rigueurs de la
police autrichienne. Lucienne voulut entendre
l'œuvre persécutée ; mais il était près de minuit, et
à cette heure on ne pouvait exécuter l'opéra dans
le salon sans troubler le repos de madame de Cyntrix. Loin de renoncer à son désir, Lucienne jeta
en riant des monceaux de fourrures sur les épaules
de madame Limières et mit une lampe entre les
mains de Maxime; puis, saisissant le bras de l'amie
de sa mère, elle l'entraîna à travers le jardin jusqu'à une salle de billard où se trouvait un vieux
piano. Cette salle était glaciale, la jeune fille fit
allumer un grand feu et préparer du thé ; elle dé-
clara ensuite qu'elle ne retournerait au château

qu'après avoir écouté jusqu'à la dernière note la partition séditieuse.

— Voilà la première fois de tout l'hiver que j'ai une loge à l'Opéra, répétait-elle gaiement.

Jouant un rôle doublement protecteur dans cette folle escapade, madame Limières se montrait d'une humeur charmante ; Maxime était enivré. Il interpréta son opéra avec verve ; il fut touchant, passionné, simple, grand artiste. Les éloges de Lucienne, le retour au château dans l'obscurité, sous les grands arbres, le bonsoir presque familier que lui jeta du haut de l'escalier mademoiselle de Cyntrix encore sous l'influence de son enthousiasme musical, achevèrent de troubler la raison de Maxime.

VIII

— Non, se disait-il à lui-même en se promenant avec agitation dans sa chambre, plusieurs heures après avoir quitté Lucienne; non, cette admirable jeune fille n'est pas la femme qui peut convenir à Michel. Michel possède une âme de grand homme; il s'impose des devoirs envers son époque, envers ses semblables; s'absorber tout entier dans l'amour serait un crime à ses yeux, et celui qui aimera cette folle enfant, cette terrible magicienne, devra se résigner à passer sa vie en extase à ses pieds. Une intelligence de penseur, une imagination de poëte, les caprices de l'artiste, la flamme du Midi, les langueurs du Nord; il y a de tout cela chez Lucienne. Quelle grâce dans son maintien, quelle coquetterie fascinatrice dans sa toilette! Michel n'est pas fait pour l'aimer, puisqu'il a pu passer trois semaines auprès d'elle et rester calme. Oh! Michel! Michel! donne-moi ton cœur, ta tête, tes sens de glace; apprends-moi comment on peut respirer le même air que Lucienne et conserver sa raison. Mais non, je ne veux pas l'apprendre. Je ne suis qu'un artiste, moi, un esclave de la passion; dussé-je en mourir, je veux l'aimer!...

Maxime fut présenté le lendemain matin à madame de Cyntrix et à Léonce revenu de Paris plus tôtqu'on ne l'attendait. Les traits réguliers du jeune artiste, ses grands yeux bleus rêveurs, ses cheveux bruns fièrement plantés sur un front élevé, le timbre harmonieux de sa voix, la grâce nonchalante de son maintien lui gagnèrent la sympathie de la mère de Lucienne.

— Votre protégé est charmant, dit-elle à demi voix à madame Limières qui, la veille au soir, n'avait pas épargné les détails sur le talent et l'héroïsme politique du jeune compositeur. Selon madame Limières, il était évident que le maestro inconnu serait déjà en possession de la fortune et de la gloire s'il avait voulu faire des concessions lyriques aux tyrans de l'Italie.

Léonce, au premier regard jeté sur Maxime, remarqua tout ce que la coupe de ses vêtements, la disposition de ses cheveux et la longueur de ses ongles annonçaient de respect pour la mode, et le frère de Lucienne ne put dès lors refuser une certaine considération au nouveau venu. D'ailleurs, à cette époque de l'année, le haut fonctionnaire en expectative s'ennuyait fort à la campagne.

L'arrivée d'un hôte devant qui il pourrait déployer les grâces de sa personne affectée, n'était-ce pas une bonne fortune ?

Pendant le dîner on parla d'Hortense ; les éloges de madame Limières ne tarissaient pas. Elle exaltait la simplicité de la jeune fille, sa douceur, l'austérité de ses principes, la résignation avec laquelle elle acceptait sa rude destinée. Que madame Limières fût entièrement de bonne foi en parlant de la sorte, c'est ce que nous n'oserions affirmer, car elle se montrait, en général, d'une singulière perspicacité lorsqu'il s'agissait de juger les personnes qu'elle ne couvrait pas de sa protection. Le nom de Michel arriva naturellement dans la conversation ; excepté Lucienne, tous accablèrent de leur blâme l'homme sans mœurs et sans délicatesse qui s'était fait un jeu de compromettre Hortense.

— Son amitié pour les Symier était une des nombreuses bizarreries de ma belle-mère, s'écria madame de Cyntrix ; je n'ai jamais eu, pour ma part, la moindre confiance ni dans le père ni dans le fils. Le père n'était qu'un aventurier ; quant au fils, j'ai reconnu tout de suite en lui un sophiste de la plus dangereuse espèce. Les hommes comme lui, sous prétexte de réformer le genre humain, veulent tout simplement renverser les obstacles qui s'opposent à leurs passions.

— Il a assez clairement prouvé ce dont il était capable en s'efforçant d'égarer cette malheureuse Hortense par ses exécrables raisonnements et ses protestations d'amour, ajouta madame Limières.

— C'est tout bonnement un misé... commença Léonce d'un ton méprisant.

— Michel Symier est mon ami intime, plus qu'un ami, un frère pour moi, monsieur, interrompit vivement Maxime.

Maxime Baldiani avait, nous l'avons dit, une nature impétueuse. Sa voix tremblait, ses yeux lançaient des flammes, son attitude était terrible : Léonce fut complètement décontenancé par cet éclat d'indignation.

— J'ignorais que vous connussiez M. Symier, reprit-il d'un ton plus doux.

Madame de Cyntrix et madame Limières, un peu

inquiètes des suites possibles de cet incident, s'em-
pressèrent de modifier leur première appréciation ;
elles alléguèrent la jeunesse de Michel, l'éducation
bizarre que lui avait donnée son père. Lucienne,
au même instant, attachait sur Maxime des regards
qui disaient clairement :

— Je vous approuve, je vous remercie.

Maxime surprit ces regards ; son premier mouvement fut un transport de joie, le second une
jalousie poignante. Cette approbation, cette sympathie étaient peut-être pour Michel ... Au fond de
sa pensée, Michel devint un rival dont il évita soigneusement désormais de prononcer le nom. Cette
petite scène, du reste, eut pour lui les résultats
les plus avantageux. Madame de Cyntrix le jugea
naïf, enthousiaste, plein de cœur. Léonce, suivant
l'habitude invariable des êtres vulgaires, devint
obséquieux envers l'homme qui n'avait pas hésité
à le braver, et Lucienne accorda son estime à l'artiste dont le talent l'avait émue, dès qu'elle crut
reconnaître en lui une âme généreuse et dévouée.

Madame Limières et son protégé ne devaient passer que trois journées en Normandie. Ces journées écoulées, on les supplia de prolonger d'une semaine leur séjour à Sablonville. Madame Limières accepta pour elle et pour Maxime.

La campagne est bien moins triste pendant l'hiver que ne le supposent les habitants des villes. Pas un seul jour la terre ne reste sans parure ; la rose de Noël, la pervenche, l'anémone succèdent sans interruption aux chrysanthèmes et aux asters ; les rosiers du Bengale bourgeonnent sous le givre, et bien avant l'apparition officielle du printemps, la violette parfume les sentiers. A travers les arbres dépouillés apparaissent des points de vue inattendus ; la nuance uniforme de la terre et du branchage donne de l'importance au moindre brin d'herbe resté vert, à la plus humble fleur. Puis les violents et brusques contrastes ont leur charme ; se trouver dans un salon splendidement décoré, se réchauffer à un feu brillant, être entouré de fleurs, de livres, de tableaux, sont de faibles jouissances à Paris ; mais au fond des bois, quand l'air est âpre, le ciel obscur, quand le vent déracine les arbres, quand la neige poudre à blanc les charmilles, les raffinements du luxe acquièrent un prix qu'on ne leur soupçonnait pas auparavant. Comme tous les véritables Anglais, les Strawler passaient l'hiver à la campagne. Chaque mois ils organisaient de grandes chasses, et une fois au moins par semaine les sept miss invitaient leurs voisins à des concerts et à des bals. Maxime, présenté par madame de Cyntrix, eut les plus grands succès dès la première soirée. Miss Arabella, miss Georgina, miss Augusta, n'avaient de sourires, de phrases gracieuses que pour lui ; mais Maxime n'accordait aucune attention aux belles miss, c'était pour Lucienne seul qu'il chantait, pour Lucienne seule qu'il disait ses vers, et toute son âme semblait passer dans son regard quand ses yeux rencontraient par hasard les yeux de la jeune fille. Madame Limières se chargeait des commentaires.

— Maxime se meurt d'amour pour vous, disait-elle à Lucienne dès que madame de Cyntrix s'éloignait. Si j'essaye de le plaisanter sur sa mélancolie,

il s'enfuit sans me répondre. En travaillant on
oublie, et la gloire console de bien des choses, lui
disais-je encore hier au soir. Travaillez, devenez
illustre.

« — La gloire m'est indifférente aujourd'hui et le
travail m'est impossible, » a-t-il répondu.

— Je suis sérieusement inquiète de mon pauvre
artiste, ajoutait madame Limières avec tristesse.

En parlant ainsi, cette singulière femme obéis-
sait si exclusivement à son goût dominant pour
l'intrigue que, si Lucienne l'eût consultée, elle lui
aurait sans aucun doute conseillé au même moment
de repousser à quelque titre que ce fût l'amour de
Maxime. Mademoiselle de Cyntrix n'attachait d'ailleurs qu'une médiocre importance aux paroles de
madame Limières, dont le caractère lui était parfaitement connu.

Les huit jours s'écoulèrent vite. Rappelée à Paris
par ses affaires personnelles, madame Limières
quitta Sablonville, mais elle y laissa Maxime. Une
chasse au cerf qui devait avoir lieu la semaine
suivante, et à laquelle les Strawler avaient engagé

le jeune artiste, donna à l'ami de Michel un prétexte très-suffisant pour rester en Normandie.

La chasse au cerf se faisait à trois lieues de Sablonville, dans une vaste forêt de l'État affermée
par les Nemrod des environs. On se réunissait à
huit heures du matin sur la lisière du bois dans la
maison d'un garde. Dès six heures, Lucienne descendit en habit de cheval dans la cour de Sablonville. Jamais Maxime ne l'avait vue aussi belle. Sa
longue robe brune au corsage plat trahissait les
lignes souples et riches de sa taille. Un feutre brun
aussi, coquettement relevé sur le côté par une
touffe de plumes blanches, donnait une expression
inaccoutumée à ses yeux noirs, une grâce mutine
aux boucles blondes qui s'échappaient d'une ré-
sille d'or. Léonce apparut dans le costume le plus
strictement britannique. Les domestiques amenè-
rent les chevaux, et les trois jeunes gens galopè-
rent bientôt à toute bride dans la brume froide du
matin.

Une vingtaine d'hommes et une douzaine d'a-
mazones déjeunèrent gaiement sous une tente

dressée devant la maison du garde. Il était près
de dix heures quand on se mit en chasse. Animée
par le grand air, par les cris des chasseurs, les
aboiements des chiens et le son des trompes, Lucienne suivit d'abord la piste avec ardeur ; mais
cet e vrement un peu sauvage ne la domina pas
longtei s ; au bout d'une heure elle se trouva,
sans trop savoir comment, dans un sentier couvert,
seule avec Maxime. Lucienne et Maxime allaient
au pas, l'un près de l'autre, sans se parler. Lucienne était-elle triste, ennuyée, ou éprouvait-elle
simplement l'abattement physique et moral qui
succède chez les natures nerveuses aux vives
surexcitations ? Maxime ne songeait pas à se le demander, tant il était accablé lui-même. Il partait
irrévocablement le lendemain pour Paris, aimant
Lucienne comme il n'avait jamais aimé, et condamné, du moins il le croyait, à ne jamais la revoir. Depuis leur première entrevue il avait profondément réfléchi. La raison lui montrait avec
un cruelle lucidité quels insurmontables obstacles
de position le séparaient de mademoiselle de Cyn-

trix. Sa vanité d'homme et d'artiste s'alarmait des injurieux soupçons que toute tentative pour faire partager son amour ne manquerait pas d'attirer sur lui.

On n'entendait plus ni le son du cor, ni les rires des jeunes filles, ni le trot des chevaux, ni les aboiements des chiens.

— Nous sommes décidément égarés, dit tout à coup Lucienne d'une voix une peu inquiète.

— Qu'importe ? répondit Maxime d'un air distrait.

— Comment donc ! reprit Lucienne en souriant avec un certain effort, ne voyez-vous pas que notre situation est extrêmement grave ? C'est exactement celle du *Petit Poucet*... moins les cailloux. — Qu'allons-nous faire ?

— Rejoindre la chasse.

— Nous risquons d'errer dans la forêt jusqu'à la nuit sans rencontrer ceux que nous cherchons. Le plus sage serait de marcher tout droit devant nous ; le bois n'a que deux lieues de profondeur, nous arriverons nécessairement chez quelque garde qui nous conduira au rendez-vous du départ.

Sans attendre la réponse de Maxime, Lucienne fit prendre le trot à son cheval. Le hasard conduisit mademoiselle de Cyntrix et Maxime à l'endroit précis de la forêt qui avait été désigné pour la réunion générale des chasseurs; mais les deux jeunes gens durent y rester seuls pendant plusieurs heures. Ils entrèrent dans la maisonnette du garde et s'établirent au coin de la cheminée. Le maître du logis était à la chasse; sa femme, occupée de travaux de ménage, allait et venait au dehors; une petite fille de trois ans dormait dans un berceau. Maxime ne sut pas rester maître de lui-même jusqu'à la fin de ce long tête-à-tête. A la veille de revoir Michel, il sentait ses remords, longtemps assoupis, se réveiller avec force; son imagination vive et mobile lui représentait en ce moment comme une trahison infâme sa conduite envers son ami. Il résolut d'avouer toute la vérité à Lucienne.

— C'est un impérieux devoir, se disait-il.

C'était encore bien plus le besoin d'ouvrir son cœur à mademoiselle de Cyntrix; de lui parler d'amour, fût-ce même de l'amour d'un autre.

Depuis longtemps le silence régnait dans la cabane, et Lucienne rêvait, les yeux fixés sur le foyer où se consumaient d'énormes bûches.

— Michel vous aime, dit Maxime sans préambule, et je n'étais venu à Sablonville que pour vous l'apprendre..

— Vous oubliez, répondit Lucienne avec un peu d'agitation dans la voix, que je sais aussi bien que vous tout ce qui concerne Hortense.

— Hortense ! répéta Maxime d'un accent dédaigneux ; que peut être Hortense pour qui vous a connue ? Michel n'aime que vous.

: — Je le regrette, reprit Lucienne avec une simplicité digne. Je n'accuse pas Michel ; mais l'amour qu'il m'offre ne saurait me suffire, dites-le-lui. Dites-lui aussi, car c'est la vérité, ajouta Lucienne d'une voix plus émue, que si son cœur avait été moins différent du mien, je l'aurais probablement aimé. Il y avait tant d'idées, tant de goûts, tant de souvenirs communs entre nous deux !

Tout héroïsme abandonna brusquement Maxime

devant cet aveu, et des larmes de jalousie brillèrent dans ses yeux.

— Vous aimez Michel ! murmura-t-il d'une voix
étouffée. Les femmes n'aiment-elles pas toujours
ceux qui savent garder pour eux-mêmes la moitié
de leur âme ?

— Je n'aime pas Michel, répondit tranquillement
Lucienne.

— Dites-vous la vérité ? s'écria Maxime en la regardant avec anxiété.

— Je ne l'aime pas ! répéta Lucienne.

Maxime, hors de lui, saisit la main de mademoiselle de Cyntrix et la pressa contre ses lèvres. Lucienne se leva sans prononcer un seul mot et
attendit, sur le seuil de la cabane, en causant avec
la femme du garde, le retour des chasseurs.

Ils arrivèrent tous ensemble, les uns enthou-
siasmés de leurs propres prouesses et des prouesses
de leurs chiens, les autres infiniment trop préoccu-
pés de leurs coquetteries ou de leurs amours pour
s'étonner d'être reçus par mademoiselle de Cyntrix
et par Maxime.

Le lendemain matin Maxime quittait Sablonville.

En revoyant Michel, l'artiste tomba dans les bras de son ami.

— Pardonne-moi, s'écria-t-il, 'pardonne-moi ; j'adore Lucienne, et peut-être m'aimera-t-elle un jour...

— Je te pardonne d'être beau, d'être intelligent et de savoir te faire aimer, répondit Michel avec douceur. Ne t'avais-je pas dit que j'aimais seul ?

IX

Moins d'une année après son premier voyage en Normandie, Maxime épousait mademoiselle de Cyntrix. Tout avait conspiré en faveur du jeune compositeur. Ses demi-confidences sur l'amour de Michel devaient impressionner profondément une jeune fille de dix-neuf ans. A dix-neuf ans, les femmes comme Lucienne ne comprennent que l'amour exclusif, éternel ; la pensée seule des transactions, des tristes indulgences qu'elles aussi peut-être connaîtront plus tard, les indigne et les révolte. Mademoiselle de Cyntrix ne pouvait songer sans horreur que Michel avait cru l'aimer, elle, au moment même où il partait pour l'Angleterre avec Hortense. La désillusion de Lucienne fut d'autant plus profonde que, sur d'autres points, le caractère de Michel lui semblait réellement noble, digne, élevé. Sa mère avait-elle donc raison? les hommes qu'une activité puissante jette dans la vie extérieure, que l'ambition personnelle ou les grands intérêts sociaux passionnent, ces hommes-là seraient-ils incapables d'aimer?

Maxime, au contraire, ne semblait exister que par Lucienne et pour Lucienne. Elle était, lui répétait-il sans cesse, son inspiration, sa force; loin d'elle, ni enthousiasme, ni travail, ni gloire; car tout cela n'aurait plus ni motif, ni but.

— A notre époque, plus que jamais, ajoutait Maxime, l'artiste a besoin du dévouement de la femme. Dans une société livrée tout entière aux chiffres, aux intérêts matériels, aux préoccupations mercantiles, la femme seule peut le sauver du désespoir, car elle seule le comprend ; ne vit-elle pas comme lui de tendresse, de rêverie et d'idéal ?

Maxime ne s'exprimait pas tout à fait de la même façon quand il se trouvait avec Michel. Michel savait lui faire avouer que, si l'artiste est sans influence de nos jours, il ne doit s'en prendre ni aux usines, ni aux chemins de fer, ni au 3 pour 100, mais à lui-même, peintre, musicien ou poëte, qui s'obstine à célébrer les dieux morts et les mondes agonisants, à regretter au lieu de chercher, à maudire les ténèbres au lieu d'annoncer le jour ; et cela le plus souvent par intérêt, vanité ou paresse.

Parler à Lucienne de luttes à soutenir, de difficultés à vaincre, c'était se préparer un triomphe presque certain. Il ne nous semble pas prouvé que la femme soit née exclusivement pour le dévouement, pour le sacrifice, comme on le répète chaque jour avec plus ou moins de bonne foi ; mais Lucienne se sentait courageuse, intelligente, instruite, et elle s'était souvent demandé ce qu'elle ferait de cette instruction, de ce courage, de cette intelligence, si elle épousait un de ces hommes riches et brillam-

6

ment posés dans la société parisienne qui avaient jusqu'ici sollicité sa main. En associant sa vie à la vie d'un artiste de talent, dont le nom et la fortune étaient encore à faire, elle voyait, au contraire, s'ouvrir devant elle de vastes horizons ; les émotions, les luttes, les occasions d'occuper utilement les facultés intellectuelles, cultivées chez elle par l'oncle Étienne, ne pouvaient manquer à son âme ardente et généreuse. N'admettant le hasard ni la fatalité en rien, pas même en amour, nous cherchons à expliquer comment mademoiselle de Cyntrix fut entraînée vers Maxime ; il est, du reste, fort probable qu'elle ne se fit à elle-même aucun de ces raisonnements.

L'oncle Étienne, consulté par elle, revint en toute hâte d'Heidelberg. Ses renseignements pris sur la famille de Maxime, famille qui avait joué un assez grand rôle dans le barreau italien, il approuva complétement le choix de Lucienne. Madame de Cyntrix ne pouvait guère le blâmer sans donner un démenti aux plaintes et aux récriminations de toute sa vie ; l'opinion de Léonce comptait peu ; restait

M. de Cyntrix. Lucienne, croyant rencontrer en lui
une vive opposition, attendait avec terreur le retour
de son père, depuis longtemps en Russie. M. de
Cyntrix arriva enfin, après avoir passé quinze mois
à Saint-Pétersbourg, pour y suivre une entreprise
capitale dont l'insuccès fut malheureusement complet. Il paraissait si soucieux, si absorbé pendant les
jours qui suivirent son arrivée à Sablonville, que
l'oncle Étienne hésitait à lui parler de Maxime.

— Qui sait s'il ne compte pas sur sa fille pour
relever son crédit? se disait tristement l'excellent
homme.

M. de Cyntrix n'en était même plus là; aucun
homme *utile*, au point de vue pécuniaire, n'aurait
consenti à épouser Lucienne sans dot, et Lucienne
ne possédait plus de dot aujourd'hui. Spéculateur
passionné, M. de Cyntrix avait exposé toute sa fortune dans une partie décisive, et cette partie, il
l'avait perdue : en sacrifiant tout son luxe, en ven-
dant Sablonville, il pourrait à peine satisfaire ses
créanciers. Il n'en poussa pas moins les hauts cris,
quand l'oncle Étienne se hasarda à lui offrir pour

gendre Maxime Baldiani. Le négociateur, heureusement, ne se laissa pas trop déconcerter ; il annonça
l'intention de constituer trois cent mille francs de dot
à Lucienne, si on lui laissait épouser l'homme qu'elle
aimait Le financier ruiné ne résista pas à cet ar-
gument. La dispersion générale de la famille de
Cyntrix coïncida avec le mariage de Lucienne.
Léonce, qui avait prétendu jusque-là entrer dans
les fonctions publiques comme sous-préfet, se
trouva trop heureux d'accepter une place de secrétaire de préfecture, et partit pour le midi de la
France, tandis que madame de Cyntrix se retirait
avec sa plus jeune fille chez sa mère établie à Versailles. Quant à M. de Cyntrix, que l'inaction exaspérait, mais dont le nom était complétement dis-
crédité en France, il s'embarqua pour l'Amérique,
en annonçant que Paris le reverrait avant qu'il fût
longtemps dix fois millionnaire. L'oncle Étienne
quitta aussi la campagne où rien ne le retenait
plus, tandis que Maxime se renfermait avec Lucienne dans l'un des plus charmants cottages de la
vallée de Montmorency.

C'était au commencement de septembre; le bonheur de Lucienne dura treize mois, un peu plus que l'année; encore la jeune femme dut-elle faire preuve, dès les premiers jours, de quelque force d'âme.

— Je ne veux plus entendre parler ni du monde ni des hommes, lui avait dit Maxime avec exaltation, en s'installant à Montmorency; toi et l'art, vous serez désormais mon univers.

Tout bruit du dehors, toute préoccupation étrangère à la passion furent soigneusement écartés du cottage. Dans leur éternel tête-à-tête, ces époux jeunes, beaux, amoureux, ne pouvaient parler que d'amour. Les confidences de son mari furent la première souffrance de Lucienne. On se fait, en général, une très-singulière idée des instincts de pureté de la femme. Il semble admis que ces instincts ne doivent s'exercer qu'en ce qui la concerne elle-même, tout au plus en ce qui concerne son sexe. Sur ce point, les plus excessives exigences sont autorisées de la part de l'homme envers la femme; de la part de la femme, on ne soupçonne

6.

même pas envers l'homme la possibilité de la répulsion et du blâme. Ce préjugé, comme beaucoup
d'autres, est en contradiction absolue avec la réalité.
Nettement formulés dans l'esprit de quelques femmes, inconscients chez le plus grand nombre encore esclaves de la routine, la répulsion, le blâme,
pour ce qui blesse leur délicatesse native, existent
chez toutes. L'éducation sérieuse et libre de Lucienne, l'intimité d'un homme aussi exception-
nellement pur que l'oncle Étienne, intimité qui
avait préservé la jeune fille des lamentations et
des bavardages des autres femmes, lui rendirent
encore plus douloureuse la confession de Maxime.
Cette confession n'avait rien que de fort ordinaire.
Une passion de tête à dix-huit ans, quelques fantaisies d'imagination et de vanité, de prosaïques
aventures, la résumaient tout entière. Il n'en fallait pas tant pour troubler une âme chaste, ardente et naïve. Nous n'entendons pas condamner
l'expansion de Maxime : nous déplorons seulement
que les épanchements sacrés d'un premier amour
amènent presque fatalement une désillusion pour

la femme. Le nid de fleurs où les deux époux avaient rêvé de cacher leur bonheur entendit de pénibles explications, vit même couler des larmes. L'hiver entier s'écoula ainsi. Mais Lucienne n'était pas femme à se laisser abattre par les premières atteintes de la douleur.

— Je suis seule responsable de nos chagrins, dit-elle un matin à son mari, tandis qu'ils se promenaient sous des marronniers déjà couverts de fleurs; j'ai voulu occuper seule tes heures, absorber ton âme entière, c'était un égoïsme coupable ; oublie-moi un peu et travaille. Tu sais que ton opéra doit être représenté l'hiver prochain.

Maxime serra sa femme contre son cœur.

— Je donnerais volontiers tous les triomphes pour un de tes sourires, lui dit-il avec passion ; mais, puisque tu le veux, je travaillerai.

— Aujourd'hui même, à l'instant, reprit Lucienne en se dégageant des bras de Maxime; je vais me renfermer chez moi, et je n'en sortirai que quand tu auras achevé ton ouverture.

Cet opéra fameux, dont Maxime depuis deux an-

nées parlait à tous ses amis et avec lequel il s'était
créé une sorte de gloire, existait à peine à l'état
d'ébauche.

Des inspirations de hasard avaient fourni au
jeune compositeur quelques remarquables motifs ;
mais Maxime avait toujours reculé devant le travail.

—Ce n'est plus qu'une affaire de temps et de
volonté ; dès que je le voudrai sérieusement, mon
opéra sera terminé, se disait-il chaque semaine.

La force patiente, qui seule mène à bien les œuvres d'art, est infiniment plus rare que l'inspiration, et sans cette force l'inspiration reste inutile.
La volonté que Maxime attendait du ciel, au lieu
de la chercher en lui-même, n'arrivait pas, et le
temps ne se trouvait jamais. Grâce à une existence molle, indolente, imprudemment fermée
aux échos des souffrances générales, l'imagination
même du jeune artiste, jadis vivace et audacieuse,
s'engourdissait sensiblement ; Maxime ne sortait
plus de sa torpeur habituelle que pour se perdre en
de vagues rêveries.

Le jour où Maxime tenta de suivre les conseils de Lucienne, ses travaux se bornèrent à tirer du fond d'un tiroir plusieurs cahiers de papier de musique et à fumer en face de ces cahiers une demi-douzaine de cigares ; les journées suivantes ne furent ni mieux, ni plus mal employées. Lucienne s'obstinant naïvement à demander à son mari un compte sévère de ses heures, Maxime, un peu honteux, prétendit bientôt que le grand air, la marche forcée étaient pour lui les conditions indispensables de l'inspiration. Chaque matin, le déjeuner fini, il quittait le cottage et allait errer au hasard dans le village et dans les champs. Ce fut pendant une de ces promenades qu'il fit la connaissance de M. Dourlas.

M. Dourlas était un homme de cinquante ans, habile, entreprenant, un rude travailleur surtout : petit mercier ambulant au début de sa carrière, il se trouvait aujourd'hui propriétaire et chef d'une filature en pleine prospérité. M. Dourlas n'avait au monde que deux passions, toutes les deux parfaitement légitimes, sa filature et sa femme. La filature s'élevait au pied d'une colline, dans une situation charmante. Une grille toujours ouverte laissait apercevoir de vastes bâtiments, une chute d'eau, des jardins admirablement entretenus. Maxime s'arrêtait quelquefois devant cette grille ; M. Dourlas ne put résister au désir de se faire connaître pour le seigneur du lieu. Un matin, il engagea Maxime à visiter sa filature. Conduit jusque dans les moindres recoins de l'établissement, Maxime découvrit avec surprise que le parc de M. Dourlas confinait au cottage. Le maître filateur lui apprit qu'autrefois ces deux propriétés n'en formaient qu'une, et comme preuve lui montra dans l'épaisseur du mur mitoyen une petite porte, maintenant recouverte par des broussailles. Entre aussi proches voisins les relations ne pouvaient guère en rester là ; Maxime fut vivement engagé à renouveler sa visite, et quelques jours plus tard M. Dourlas le présentait à sa femme. Une fois enrichi, l'exmercier s'était empressé d'épouser à Paris la fille d'un officier mort en Afrique, jeune personne médiocrement jolie, que le manque absolu de fortune obligeait à travailler dans un atelier de couture. Il y avait quelque chose de touchant à voir cet homme robuste, infatigable, ne devant qu'à son intelligence et à son travail la considération et le bien-être dont il jouissait, se faire l'esclave d'une créature mièvre, prétentieuse et coquette, qui ne s'occupait depuis le matin jusqu'au soir qu'à dépenser l'argent gagné par son mari et se croyait de plus le droit de prendre avec lui des airs de supériorité, parce qu'elle était fille d'un militaire. Madame Coralie Dourlas, enchantée de recevoir chez elle un homme du monde, un artiste, prodigua les louanges et les avances à Maxime. De quelque bouche qu'elles sortissent, ces louanges devaient plaire au mari de Lucienne; plus il se sentait faible, incapable d'imaginer et de produire une œuvre sérieuse, plus il éprouvait le besoin de se voir traité en homme de génie. Insensiblement, Maxime prit l'habitude de se rendre chaque soir à la filature. N'osant avouer à sa femme qu'il la délaissait pour d'aussi vulgaires personnages, il alléguait toujours d'énormes besoins d'activité physique, de rêverie solitaire, et se taisait sur ses nouveaux amis.

Mariée depuis un an à peine, Lucienne connut pour la première fois de sa vie le découragement et la tristesse. Était-ce donc là l'existence qu'elle avait rêvée ? Elle ne doutait pas encore du génie de Maxime ; mais elle se demandait avec un commencement de terreur si elle n'avait pas été la dupe d'une illusion en s'imaginant qu'une femme pouvait s'associer activement aux travaux de son mari. Des études actuelles de Maxime ne résultait-il pas pour elle une sorte d'abandon? En serait-il toujours ainsi?... Que faire?... A quoi se prendre?...

Un soir de la fin d'octobre, la solitude lui pesa si lourdement que, malgré un froid assez vif, elle descendit dans le jardin. Le fond du ciel était d'un bleu sombre ; d'innombrables étoiles semblaient lutter d'éclat avec la lune qui éclairait les moindres détails du parterre. Lucienne s'enfonça sous les grands arbres. Cette magnifique soirée lui rappelait celles qu'elle avait passées l'année précédente sur le lac de Sablonville, pour assister l'oncle Étienne dans ses observations astronomiques. Quels enchantements alors dans son imagination ! Quelle vie puissante dans son cœur!... Cependant elle ne regrettait rien. Elle aimait Maxime. A chaque instant elle s'arrêtait et prêtait l'oreille, espérant que la sonnette de la porte d'entrée allait faire entendre son tintement argentin. Désappointée, elle reprenait sa promenade.

L'isolement, l'attente douloureuse, la déception, serait-ce donc là désormais sa destinée?... Trop généreuse pour se montrer sévère envers Maxime, elle s'accusait elle-même. Autant que son mari n'avait-elle pas la responsabilité du bonheur commun? Si Maxime la laissait souvent seule, ne lui était-il jamais arrivé à elle de l'accueillir avec froideur? N'avait-elle pas agi jusqu'ici plutôt en enfant qui attend tout de celui qu'elle aime, qu'en femme sachant que la félicité n'est jamais gratuite, et qu'il faut payer de son repos, parfois de ses larmes, les joies de l'amour? — Elle était aimée, elle aimait... Que de femmes lui envieraient ses souf-

frances!... Des rayons de lune perçant le feuillage
épais des marronniers moiraient la terre de zones
lumineuses. Un objet blanc qui se détachait vivement sur la mousse, près du mur de clôture, attira
par hasard les regards de Lucienne. Elle se baissa
et ramassa une lettre. La clarté était assez forte
pour lui permettre de distinguer sur l'enveloppe le
nom de son mari; elle reconnut même l'écriture :
c'était celle d'un marchand qui demandait à
M. Baldiani ses ordres pour les fournitures d'hiver.
Elle se le rappelait parfaitement, la lettre était arrivée au cottage le matin même, et, par extraordi-
naire, Maxime n'avait pas quitté de la journée son
cabinet de travail. Dans son examen rapide, Lucienne s'aperçut que la porte de communication
entre le parc et le cottage était entr'ouverte. Une
jalousie poignante lui déchira le cœur. Bien qu'elle
eût à peine entrevu la femme du filateur et que
madame Dourlas lui eût semblé plus ridicule
qu'attrayante, Lucienne ne douta pas un seul instant que Maxime ne fût auprès d'elle. Égarée,
rémissante, elle poussa la petite porte et s'élança

à travers le parc. Trébuchant à chaque pas, se heurtant aux arbres, marchant d'ailleurs sans but, sans projet arrêté, elle erra pendant près d'une demi-heure dans des sentiers inconnus. Enfin, elle se trouva devant une vaste porte percée dans un mur de clôture qui séparait le parc d'un jardin rempli de fleurs. Lucienne allait franchir cette porte quand un murmure de voix l'arrêta sur le seuil. Ces voix sortaient d'une serre placée à peu de distance. L'une d'elles était la voix de Maxime ; quant à l'autre, c'était bien la voix d'une femme... la voix de madame Douglas... Lucienne écouta pendant quelques instants, immobile, folle de désespoir. Puis, elle tomba évanouie sur le sable en jetant une plainte étouffee. — Cette plainte fut couverte par la voix sonore d'une femme de chambre qui appelait sa maîtresse du haut de la terrasse.

En quittant précipitamment le jardin de la filature pour rentrer dans le parc, Maxime heurta du pied un corps inanimé étendu sur le sable. Une seconde plus tard, il prenait Lucienne dans ses bras et s'enfuyait vers le cottage.

IX

Deux heures de la nuit venaient de sonner. Lucienne, couchée dans sa chambre sur un canapé, avait depuis longtemps repris connaissance; mais ses lèvres ne s'étaient pas une seule fois ouvertes, ses yeux restaient fixes, ses traits blêmes et immobiles. Ses magnifiques cheveux blonds, complétement dénoués, couvraient son front et ses épaules. De temps à autre, elle les rejetait en arrière d'un geste fébrile et saccadé. Maxime, assis auprès du canapé sur une chaise basse, saisissait parfois la main que sa femme laissait pendre sur les coussins, et la serrait avec passion. Sans irritation, sans colère, Lucienne le repoussait; s'il voulait parler, elle l'arrêtait d'un geste.

— Quittez-moi, il est tard, dit-elle enfin d'une voix sans timbre.

Maxime se leva et fit quelques pas vers la porte : puis, dominé par ses remords et par une douleur sincère, il revint brusquement auprès de Lucienne.

— Lucienne, s'écria-t-il en tombant à genoux et en couvrant de baisers les mains de la jeune femme, je t'adore, je n'ai jamais cessé de t'adorer.

Lucienne retira sa main avec un mouvement d'horreur.

— Tu m'as aimé pourtant. Pardonne-moi, aime-moi encore, répétait Maxime.

Le cœur de Lucienne se brisa. Elle enfonça sa tête dans les coussins du canapé, et ses sanglots longtemps contenus éclatèrent tout à coup avec force. Maxime la prit entre ses bras et la berça comme un enfant. Lui aussi pleurait; il embrassait avec frénésie les cheveux et les mains de Lucienne. Elle s'abandonnait sans résistance à ces caresses. Peut-être avait-elle tout oublié ? Quelques heures de torture ne suffisent pas toujours à éteindre l'amour dans nos cœurs, tant l'habitude a sur nous de puissance !

Tout à coup la jeune femme jeta un cri et se

dégagea violemment des étreintes de son mari.

— Va-t'en ! lui dit-elle d'une voix basse et résolue; va-t'en, je ne t'aime plus.

Et, comme Maxime s'attachait à elle en murmu-
rant mille folles paroles d'amour :

— J'ai entendu, il y a deux heures, ces paroles,
reprit-elle avec une ironie écrasante, vous les di-
siez à une autre. Soyez-lui plus fidèle au moins,
laissez-moi...

Maxime sortit désespéré.

En ce moment, il haïssait madame Doürlas. A
vrai dire, la femme du filateur ne lui avait jamais
inspiré d'amour, pas même un caprice sérieux.
Madame Dourlas s'était jetée à la tête du jeune compositeur avec de grandes démonstrations d'enthousiasme artistique et de passion sentimentale auxquelles Maxime n'accordait qu'une foi médiocre.
Trop indifférent pour chercher à s'aveugler, il n'a-
vait guère vu en elle qu'une petite bourgeoise ennuyée et cherchant aventure. Pourquoi donc avait-
il trahi pour elle une femme qu'il aimait ?... trompé
un homme pour lequel il ressentait une sincère es-

time? Pourquoi? Cela lui avait semblé amusant; les préjugés de son éducation masculine lui faisaient d'ailleurs considérer une aussi vulgaire intrigue comme une distraction sans conséquence. Cependant deux existences étaient brisées, et la jeune femme, qui lui avait si vaillamment confié son avenir quelques mois auparavant, connaissait par lui la plus cruelle des souffrances. Que Lucienne pardonnât ou non, pour lui comme pour elle, c'en était fait à jamais du bonheur. Il le comprenait enfin maintenant; la confiance et l'enthousiasme ne peuvent survivre à la sainteté de l'amour.

Le lendemain et les jours suivants une forte fièvre obligea Lucienne à garder le lit. Maxime ne la quittait pas, il passait les nuits auprès d'elle, épiant ses moindres paroles, ses moindres gestes. Lucienne recevait ses soins avec une douceur inaltérable, à laquelle il eût mille fois préféré les éclats de la colère et les cris du désespoir.

—Sa résolution est arrêtée, tout est fini, se disait-il.

Il attendait avec une anxiété pleine de terreur le rétablissement de Lucienne. Bientôt elle put se lever et faire quelques pas dans le jardin ; mais ses forces revenaient lentement, le caractère de sa physionomie avait complétement changé ; elle restait des journées entières immobile, la tête inclinée sur sa main, les yeux fixés sur des objets qu'elle ne voyait pas.

— Au premier jour, elle m'annoncera qu'elle retourne dans sa famille, se répétait Maxime avec accablement. Menacé de perdre Lucienne, il croyait l'aimer avec passion et s'imaginait sincèrement qu'il ne pouvait vivre sans elle.

Si Lucienne avait eu seulement une imagination ardente, une âme passionnée, un cœur plein de tendresse , elle aurait très - probablement haï Maxime, à coup sûr du moins elle s'en serait éloignée pour toujours. Mais il y avait de plus en elle une intelligence élevée, une volonté forte, une puissance de réflexion noblement développée par l'oncle Étienne. Les êtres incultes, vivant peu en communication avec les autres, incapables de subordonner leur personnalité à des conceptions générales, sont, en raison même de leur droiture, les plus impitoyables pour quiconque s'égare et les outrage.

Pendant ses longues méditations, Lucienne s'efforçait au contraire de trouver des excuses à Maxime. Elle se rappelait ses premières confidences, elle analysait sa vie passée et sa conduite présente. en faisant abstra tion de sa propre douleur. Maxime lui parut bientôt plus digne de pitié que de colère. N'avait-il pas vécu jusqu'ici dans un monde où tous les vices triomphants sont applaudis, où toutes les vertus sont raillées? Aux yeux de ce monde corrompu et frivole, Maxime, repoussant par loyauté, par tendresse pour sa femme, l'aventure qui s'offrait à lui, n'eût été que ridicule. Élevée dans de tout autres principes, préservée par son milieu, par son éducation, par son sexe même, devait-elle se glorifier d'une supériorité morale si aisément acquise? Pouvait-elle condamner à jamais Maxime parce qu'une fois il avait failli? Maxime l'aimait encore, elle le sentait, elle en était certaine. S'en séparer brusquement après lui avoir donné, en l'épousant malgré le vœu d'une partie de sa famille, une évidente preuve d'amour, n'était-ce pas

7.

lui infliger une sorte d'humiliation publique? Loin
d'elle que deviendrait-il ? Et loin de lui que serait
sa vie à elle?... Peut-on s'étonner qu'une femme
de vingt ans, trop chaste pour imaginer même la
possibilité de nouvelles amours, trop aimante pour
apprécier les joies égoïstes de l'indépendance, sen-
tît défaillir son courage devant la perspective d'une
existence inutile et vide d'affection? Lucienne s'a-
bandonnait longuement à des rêves de pardon et
d'oubli ; puis tout à coup une jalousie furieuse, im-
placable, se réveillait en elle. Celui qu'elle avait
choisi pour appui et pour guide, celui dont le
moindre désir était sa loi, celui qu'elle attendait
avec tant d'impatience pour le serrer contre son
sein, Maxime, son Maxime à elle, dont les paroles
d'amour la ravissaient, elle l'avait surpris auprès
d'une autre femme; à cette étrangère il murmurait
les mêmes paroles d'amour. Il avait menti en la
quittant, il allait mentir au retour. Il avait toujours
menti... Pas un mot, pas une caresse ne restait
sincère, ne restait pure dans les souvenirs de Lucienne. Chose bizarre, sa jalousie était en quelque

sorte impersonnelle. Elle n'éprouvait qu'affection et bienveillance pour Maxime, qu'indifférence pour sa complice ; au besoin elle eût rendu des services à cette femme. Mais l'amour dont elle avait fait sa seule joie, son avenir, son culte, cet amour avait perdu à ses yeux toute sa noblesse, toute sa poésie : elle s'oubliait elle-même quand elle voulait le faire revivre. Les grandes âmes seront toujours séduites par l'impossible. Un matin, après le déjeuner, Lucienne et son mari se promenaient devant la maison, sur la terrasse ; Lucienne émiettait du pain aux oiseaux que les premiers froids ramenaient vers les habitations. Il y avait ce jour-là une animation ardente dans les traits de la jeune femme, dans ses mouvements, une vivacité pleine de grâce que Maxime ne lui connaissait plus depuis longtemps. Il revoyait en elle la fée irrésistible de Sablonville. Cet éclat l'effrayait ; il suivait des yeux avec inquiétude les moindres gestes de Lucienne. Il frissonna quand elle passa son bras sous le sien et l'entraîna au fond du jardin dans une cabane rustique abritée par de grands châtaigniers que l'automne avait déjà dépouillés de leurs feuilles. La jeune femme s'assit sur un banc et fit signe à Maxime de se placer auprès d'elle.

— Écoute, dit-elle d'une voix pleine de douceur, mais sans le regarder.

Ce seul mot causa à Maxime un tressaillement de joie : depuis trois semaines Lucienne ne le tutoyait plus.

— Écoute, reprit-elle, j'ai longuement réfléchi, et je crois que tu m'aimes.

Par un mouvement involontaire Maxime saisit la main de Lucienne et la porta à ses lèvres. Lucienne ne le repoussa pas, elle retira seulement la main sans tourner la tête vers lui.

— Je dois même te dire, continua-t-elle avec un peu d'effort, que pas un seul instant je n'ai douté sérieusement de ton cœur. Mais moi, ajouta-t-elle, je suis moralement bien malade, si malade que je n'espère pas de guérison.

Lucienne s'arrêta; les larmes étouffaient sa voix.

— Sois grande, sois magnanime jusqu'au bout,

s'écria Maxime. Pardonne-moi, oublie, Lucienne !

Lucienne resta pendant quelques instants immobile sans répondre ; des larmes roulaient lentement sur ses joues,

— Pardonner! reprit-elle d'une voix si basse que Maxime l'entendait à peine, pardonner est facile; je t'ai pardonné le soir même, mais je ne puis pas oublier. Quelque eff rt que je fasse, le jour, la nuit, en rêve, il y a quelqu'un entre nous, quelqu'un que je ne saurais séparer de toi et devant qui mon cœur se ferme. Je suis seule, toujours seule aujourd'hui, murmura-t-elle avec découragement.

— Elle ne m'aime plus! s'écria Maxime d'une voix brisée ; elle ne m'aimera plus jamais!

— Il faut, reprit Lucienne, quitter ce pays et voyager ; des lieux nouveaux, des distractions incessantes m'arracheront peut-être à mes souvenirs. J'avais d'abord l'intention de partir avec l'oncle Étienne, ajouta-t-elle après un silence ; puis, te voyant si bon pour moi, j'ai pensé que tu ne te fatiguerais pas de ma tristesse, et c'est à toi que je viens demander de m'accompagner. Au retour, nous verrons... Je te promets d'employer toute mon énergie à oublier.

Après ce qu'il avait redouté, Maxime était ivre de joie ; il accablait Lucienne de remercîments passionnés. La jeune femme lui répondait par un sourire triste.

Bientôt elle se leva.

— Faisons dès aujourd'hui, à l'instant même, nos préparatifs de départ, dit-elle en se dirigeant vers la maison.

Quelques jours plus tard, tout était prêt.

— Où allons-nous? dit Maxime.

— Vers le soleil, en Italie, répondit Lucienne. J'ai une prière à vous adresser, ajouta-elle, je désirerais m'arrêter un ou deux jours à Paris pour prendre congé de l'oncle Étienne.

Depuis que Maxime n'était plus torturé par la crainte d'une séparation immédiate, sa vanité se réveillait ; il supportait impatiemment la position inférieure à laquelle sa faute l'avait condamné vis-à-vis de Lucienne. La pensée que la jeune

femme allait confier ses chagrins à son oncle ; que
cet homme si intègre, si noble par le cœur, con-
naîtrait sa trahison et la jugerait avec la partialité
d'un père, cette pensée l'exaspéra.

— Vous voulez déposer contre moi avant de
quitter la France, répondit-il d'un ton plein d'ai-
greur.

Lucienne le regarda avec une surprise douloureuse ; elle entrevit pour la première fois en ce
moment tout un ordre de souffrances qu'elle n'a-
vait pas prévues.

— Partons directement pour Florence, répondit-
elle.

Après un court séjour en Toscane, Lucienne et
Maxime parcoururent successivement les princi-
pales villes de l'Italie, puis ils revinrent achever la
saison d'hiver à Florence. Maxime avait des parents et de nombreux amis dans cette ville ; on y
fêta Lucienne avec enthousiasme, et la jeune
femme recouvra en apparence son calme et sa
gaîté. Dans les salons, au milieu des hommes

distingués qui faisaient cercle autour d'elle, elle
montrait ce même esprit naïf, original, dont
Maxime avait subi le charme le premier soir de son
arrivée à Sablonville ; dans les parties de campagne, en voyage, c'était une enfant insouciante
que toute nouveauté amusait, que n'arrêtait aucun
péril. Peut-être y avait-il un peu de fièvre dans
sa conversation, beaucoup de dégoût de la vie dans
sa témérité folle ; mais le public ne s'en inquiétait
guère, et Maxime lui-même s'y trompait. Le passé
cependant ne perdait pas ses droits. Si une histoire
d'amour était par hasard racontée devant Lucienne,
si au théâtre les acteurs rendaient avec âme une
scène passionnée, la jeune femme pâlissait, ses
traits se contractaient profondément, et, pendant
des heures entières, elle demeurait silencieuse et
indifférente à toute distraction.

— Elle n'oubliera jamais, se disait alors Maxime.

L'opinion du monde, les obstacles, sont de puis-
sants aiguillons pour les natures vaniteuses et personnelles. Quand le complet abandon de cœur de
Lucienne et la retraite de Montmorency assuraient

à Maxime un bonheur non envié, non disputé,
l'amour du jeune artiste s'était singulièrement
assoupi ; cet amour se réveillait avec violence
maintenant que Lucienne, entourée d'hommages,
refermait soigneusement son âme blessée. La parfaite bonne foi de la jeune femme, sa douleur
sincère et son désir non moins sincère de se guérir
causaient plus de tourments à Maxime que ne lui
en auraient infligé la coquetterie la plus raffinée.
Souvent Lucienne, au retour d'une promenade qui
l'avait émue, d'une lecture qui l'avait enthousias-
mée, s'appuyait comme autrefois sur le bras de
son mari ; ses yeux cherchaient ses yeux ; sa voix
retrouvait d'adorables intonations ; Maxime l'en-
veloppait alors d'un regard radieux ; mais tout à
coup Lucienne se taisait et détournait la tête ; un
fantôme se dressait dans sa mémoire impitoyable,
Maxime n'était plus pour elle que l'amant de
madame Dourlas, et elle saisissait le premier prétexte venu pour s'éloigner de son mari.

Le monde soupçonna-t-il quelque secrète froideur entre ces époux si jeunes, si bien faits pour

s'aimer? Nous le croyons, car plusieurs jeunes gens s'occupèrent de Lucienne beaucoup plus qu'on ne s'occupe d'ordinaire d'une jeune mariée heureuse. Parmi eux se trouvait un avocat déjà célèbre, à vingt-cinq ans, comme orateur et comme écrivain. Fils de proscrit, élevé dans l'exil, Giuseppe Negrici avait.sucé avec le lait maternel la haine de toutes les tyrannies; plus tard, la réflexion et l'étude avaient changé en conviction sérieuse ce qui n'était d'abord chez lui qu'un instinct.

— L'âge d'or régnerait sur la terre, disait-il souvent, si l'on employait à organiser la liberté la dixième partie de l'intelligence et de la passion qu'on dépense pour maintenir la servitude.

Fort de sa connaissance profonde des lois, d'observations intelligentes recueillies pendant de nombreux voyages en France, en Allemagne et en Angleterre, Giuseppe combattait avec une irrésistible puissance les arguments des adorateurs de la force et de la routine. Il était vraiment beau dans ces luttes de la parole; son visage rayonnait, ses yeux lançaient des flammes. Ses contradicteurs les plus

acharnés rendaient forcément hommage à la noblesse de son caractère, à sa sincérité ; car tous
savaient que le jeune avocat n'aurait pas hésité à
livrer aux bourreaux sa tête magnifique s'il avait
cru, en agissant ainsi, avancer l'heure de la déli-
vrance de son pays. Lucienne fut vivement émue
la première fois que le hasard la mit en présence de
Giuseppe Negrici, émue surtout d'un souvenir.
Les idées, les espérances du jeune Florentin pour
sa patrie et pour le monde ne lui semblèrent qu'un
écho des idées, des espérances que lui confiait autrefois Michel. Giuseppe remarqua-t-il cette émotion ? fut-il simplement frappé de la beauté de la
jeune française ? Nous l'ignorons ; mais à partir de
ce jour, Lucienne ne put aller ni au théâtre ni dans
le monde sans rencontrer Giuseppe. Une nuit, au
milieu d'une fête splendide, le jeune avocat se fit
présenter à madame Baldiani. Lucienne ne connaissait pas la prudence exagérée des femmes coquettes. Si elle avait remarqué parfois l'attention
dont elle était l'objet de la part de Giuseppe, elle en
perdit complétement le souvenir dans le tourbil-

lonnement d'une fête, au milieu des merveilles du palais C***. Giuseppe lui proposa son bras pour parcourir les jardins ; elle accepta sans hésiter, et se promena pendant une demi-heure avec le jeune avocat sous des bosquets brillamment illuminés, entre les chefs-d'œuvre de la statuaire antique et les groupes non moins dignes d'admiration formés par les plus charmantes femmes de l'Italie. Giuseppe parlait de la France qu'il avait habitée jusqu'à l'âge de dix-huit ans, d'art, de littérature, surtout de ses espérances pour sa chère Italie. S'il y avait de l'émotion dans la voix du jeune homme, un éclat inaccoutumé dans son regard, Lucienne ne le remarqua pas. Aussi fut-elle très-surprise de voir Maxime s'avancer tout à coup vers elle, pâle de colère.

— Ne pensez-vous pas qu'il serait temps de vous retirer ? dit-il avec un accent de despotisme inaccoutumé.

Lucienne salua Giuseppe, et quitta son bras pour prendre celui de son mari. Maxime l'entraîna rapidement vers une voiture.

Pendant le trajet du palais G*** à leur hôtel, il n'adressa pas un seul mot à sa femme; mais dès qu'ils se trouvèrent dans la vaste pièce qui leur servait de salon, il annonça brusquement à Lucienne qu'il partait le lendemain pour Paris.

— Quand vous voudrez, répondit Lucienne.

— Je supposais que vous restiez à Florence, reprit Maxime avec ironie. Vous vous croyez sans doute des droits à la plus entière liberté, et je n'entends sur ce point ni vous contredire ni vous gêner; mais il ne me convient nullement d'orner le triomphe de M. Negrici.

La seule réponse de Lucienne fut un regard si calme, si naïvement surpris, que Maxime n'osa plus parler de ses soupçons. La jeune femme se sentit beaucoup plus émue quand, après s'être excusé de sa violence, son mari lui dit avec tristesse :

— Je ne sais si vous y songez quelquefois, Lucienne, mais mon existence actuelle est intolérable. Votre résolution à mon égard a été inspirée par de nobles sentiments, je n'en veux pas douter; il eût été mille fois plus charitable cependant de me ren-

voyer bien loin de vous, puisque vous ne pouviez
plus m'aimer.

Lucienne sentait que Maxime disait vrai ; elle
était mécontente d'elle-même.

— Une âme vraiment passionnée l'eût condamné
sans retour, se disait-elle ; une âme vraiment
grande eût trouvé la force d'oublier : nature faible
et inférieure, je n'ai su qu'hésiter, attendre, souffrir
et faire souffrir les autres.

Ce jugement était sévère jusqu'à l'injustice ;
l'hésitation, les luttes de Lucienne prouvaient, au
contraire, la richesse de sa nature. Moins forte, elle
eût cédé à l'indignation, au dépit, au désir de punir
et de se venger ; moins aimante, elle eût bientôt
préféré les avantages d'une union paisible à l'existence troublée qu'elle menait depuis six mois.

Redoutant tous les deux sans se le dire le moment où il faudrait prendre un parti définitif, Lucienne et Maxime s'arrêtèrent sur les bords du lac
de Genève, au lieu de se rendre directement à
Paris.

Le mois de mai commençait ; ils s'établirent dans

un chalet qui ne recevait qu'à l'automne ses hôtes
habituels. La solitude, au milieu des riants paysages
qui les entouraient, ne fit qu'aggraver leur mal. Dans
la journée, d'interminables promenades à pied, des
courses à cheval dans les montagnes, des excursions
en bateau sur le lac, leur procuraient une sorte
d'étourdissement physique ; mais le soir venu,
quand ils s'asseyaient ensemble sur le rivage pour
voir le soleil se coucher derrière les montagnes
lointaines, il était bien rare qu'il ne sortît pas de
leur bouche quelque parole amère et découragée.
Un soir, après une journée pluvieuse qu'ils avaient
passée chacun dans sa chambre, Lucienne et
Maxime se dirigèrent comme de coutume, vers le
lac. Le ciel était uniformément sombre, l'eau,
d'ordinaire si bleue, si transparente, avait les tein-
tes noirâtres, l'aspect lourd et sinistre du plomb
fondu ; les sapins autour du chalet craquaient sous
l'effort de la rafale ; les oiseaux attardés rasaient la
terre de l'aile en jetant des cris perçants.

— Ce temps me convient merveilleusement, dit
tout à coup Maxime ; il est juste aussi gai que ma vie.

Le vent redoubla de furie, les vagues grimpaient l'une sur l'autre en grondant ; entre leurs crêtes blanchies se creusaient des gouffres béants.

Lucienne n'avait pas semblé entendre les paroles prononcées par Maxime.

— Si j'étais en ce moment au milieu du lac, reprit-il avec une irritation croissante, savez-vous, Lucienne, que ce serait fort heureux pour nous deux ? Le seul service que je puisse vous rendre aujourd'hui, c'est de mourir pour vous faire libre ; quant à ce qui me concerne personnellement, le fond de ce lac remplacerait assez bien les joies de notre intérieur.

Lucienne allait parler ; des cris déchirants arrêtèrent la voix sur ses lèvres. A quelques centaines de pas du rivage, les vagues ballottaient un frêle bateau sans mâts et sans gouvernail ; des femmes, des enfants se trouvaient à bord ; on distinguait leurs gestes désespérés.

— Si je ne les sauve pas, je mourrai du moins avec eux ! s'écria Maxime. La Providence est prompte à m'exaucer !... ajouta-t-il avec ironie

sans regarder Lucienne; et il s'élança vers une petite barque qu'une corde attacha't au rivage. Il lui
fallut quelques instants pour mettre à l'eau l'em-
barcation. Lucienne le laissa faire; mais, au moment où il saisissait les rames, elle se précipita
vers lui.

— Reviens! je t'en supplie! cria-t-elle.

Après vingt minutes d'une lutte héroïque contre
la tempête, Maxime toucha de nouveau la terre. Il
ramenait deux hommes, trois femmes, et des enfants : tous embrassaient ses mains et ses genoux
en l'appelant leur ange sauveur.

Pendant ces vingt minutes Lucienne avait vu
planer la mort sur la tête de Maxime; les douleurs,
les rancunes du passé s'évanouirent devant cette
angoisse suprême. Quand elle serra enfin son mari
contre son cœur, elle crut recommencer une vie
nouvelle.

X

Une faute grave en amour est comme la fêlure
du verre, rien ne peut y remédier : vienne un choc,
un souffle, un frémissement insensible, et tout vole
en éclats. Lucienne ne tarda pas à s'en convaincre.
Aucune des tortures sans dignité et sans résultat
des ménages désunis ne lui fut épargnée : luttes
mesquines, récriminations, humiliants soupçons,
ennuis navrants, elle subit tout avec le sentiment
intime de l'inutilité de sa souffrance ; car elle reconnut bien vite qu'elle ne pouvait absolument rien
pour le bonheur de son mari. Quant aux rêves am-
bitieux de Maxime, Lucienne ne les partageait
plus. Dans l'atmosphère uniformément spirituelle
et raisonneuse du monde parisien, la verve de
Maxime, l'énergie de son accent, la naïveté de ses
entraînements et de ses enthousiasmes, ses réelles

aptitudes musicales pouvaient faire croire à une vocation d'artiste. Mais tous les jeunes gens qui entouraient Lucienne à Florence possédant plus ou moins ces qualités, elle ne tarda pas à y voir un héritage de race plutôt qu'un don personnel. Disons-le aussi, à part toute question de milieu, Maxime n'était plus l'homme qui avait su se faire aimer de mademoiselle de Cyntrix. Lors de sa première apparition à Sablonville, il s'était tellement identifié avec Michel que son caractère propre n'apparaissait qu'à de rares intervalles : nobles élans, vastes desseins, tout cela semblait naturel chez lui.

On s'étonnera peut-être qu'une femme aussi distinguée que Lucienne n'ait pas eu la puissance de maintenir Maxime à la hauteur morale où l'influence d'un ami l'avait si aisément porté. Hélas ! l'amour, un premier amour surtout, met presque fatalement la femme dans la complète dépendance de celui qu'elle aime. De l'amant rendu bon et généreux par le bonheur, l'imagination exaltée de l'amante fait sans effort un héros, un dieu, et les

hommes capables de ne point abuser d'une telle
adoration sont bien rares. Beaucoup de femmes
passionnées perdent ainsi à jamais leur empire ; les
mieux douées ne le reconquièrent qu'après une
réaction pleine de luttes et de souffrances. Là réside
le secret des triomphes durables des femmes expé-
rimentées et coquettes ; l'expérience, la coquetterie
préservent de cette crise. La misérable aventure
qui vint clore sitôt pour Lucienne la période de l'a-
doration aveugle annula du même coup son bonheur et son influence sur Maxime. Si elle se per-
mettait désormais de donner un conseil à son mari,
si elle semblait désapprouver sa manière de penser
ou d'agir, Maxime croyait à une tentative de domination née de ses torts antérieurs, à un désir de
vengeance. Ce fut sans consulter sa femme qu'il
loua, avenue des Champs-Élysées, un petit hôtel
dont le prix n'était nullement en rapport avec leurs
modestes revenus. L'achat de l'ameublement seul
de l'hôtel entama d'une manière sensible les trois
cent mille francs donnés par l'oncle Étienne à sa
nièce, et au bout de quelques mois les dîners et les

soirées avaient réduit des deux tiers ce capital. De telles prodigalités étaient, selon Maxime, une fructueuse spéculation.

— Pour réussir à Paris, il faut y vivre comme si on avait déjà réussi, répétait-il sans cesse.

Par délicatesse, par fierté, Lucienne, dont ces prodigalités compromettaient gravement les intérêts matériels, ne tenta même pas de combattre cet aphorisme banal de faire comprendre à son mari qu'à Paris comme ailleurs la camaraderie et les amitiés de salon sont tout à fait impuissantes à donner la célébrité. Maxime n'ayant, malgré cette réserve, aucune illusion sur l'opinion de sa femme, préféra bientôt à sa société celle de quelques compagnons de plaisir, qui ne manquaient pas de le traiter de grand homme après lui avoir emprunté de l'argent ou s'être fait payer à souper par lui. Des flâneries dans les bureaux de certains journaux et dans les coulisses des théâtres lyriques devinrent son unique travail. Chez lui, cependant, il semblait toujours affairé, toujours préoccupé ; les repas à peine terminés, il s'empressait de quitter Lucienne

8.

pour ne rentrer qu'à une heure très-avancée de la nuit.

Cet abandon faisait cruellement souffrir la pauvre femme. Le temps n'était plus où sa riche imagination donnait un but au moindre travail, à la moindre étude.

— A quoi bon? se disait-elle aujourd'hui.

La pensée que Maxime pouvait la tromper après une réconciliation si ardemment sollicitée n'entrait pourtant pas dans son esprit. Ce ne fut pas de jalousie qu'elle pâlit quand, chez elle, au milieu d'une soirée brillante à laquelle Maxime avait invité un grand nombre d'artistes, un jeune auditeur au conseil d'État, quelque peu parent des Cyntrix, fit remarquer sans façon à sa cousine les attentions de son mari pour une cantatrice en vogue. Au ton léger dont ce jeune homme lui parla de Maxime, aux phrases passionnées qu'il ne tarda pas à soupirer, Lucienne comprit que les déceptions de son amour n'étaient un mystère pour personne, et qu'on ne voyait plus dans son union qu'une association de convenance ne pouvant en rien engager

son cœur ou enchaîner sa liberté. Cette découverte
l'accabla ; elle sentit vaguement qu'il en était des
affections comme des forteresses assiégées, dont la
plus petite brèche apparente amène, dans un temps
plus ou moins long, mais avec une fatalité inexorable, la ruine totale.

A quelques jours de là , Maxime conduisit à
l'Opéra sa femme et madame Limières, commen-
sale assidue de l'hôtel des Champs-Élysées. On
donnait *les Huguenots*, et l'actrice dont nous avons
parlé jouait le rôle de la reine de Navarre. Après
le duo du second acte, entre cette princesse et
Raoul, Maxime quitta la loge, prétextant la nécessité absolue d'entretenir un compositeur qu'il entrevoyait au fond d'une baignoire d'avant-scène ;
il reviendrait, disait-il, sans tarder. Lucienne et
madame Limières étaient encore seules, quand, à
la fin du troisième acte, l'auditeur au conseil d'État
vint les saluer.

— Je ne vous demande pas de nouvelles de
Maxime, dit le jeune homme avec une insouciance

affectée, car je viens de l'apercevoir au milieu du nombreux cortége de Marguerite de Valois.

— J'ai chargé mon mari d'inviter mademoiselle Lamberti à notre prochaine soirée, répondit Lucienne d'un ton froid et sec.

Le quatrième acte des *Huguenots*, cette merveille de l'art musical, fut un long supplice pour Lucienne. Maxime ne revenait pas. Elle eut je met-te au jeune amdi eur de la re ondai e Lez ell. Madame Linnères habitait rue Taitbout ; la demi-heure nécessaire à la voiture pour franchir la distance qui sépare cette rue des Champs-Élysées, fut tellement mise à profit par le cousin de Lucienne, que la jeune femme dut arrêter son éloquence amoureuse par une de ces leçons nettes et sévères qui coûtent tant à donner aux femmes vraiment honnêtes. Elle était encore sous l'impression de ce qui lui semblait une grave insulte, quand Maxime rentra en chantonnant, vers une heure du matin.

— Ce maudit Charles m'a retenu pendant quatre heures au café pour me raconter des histoires à dormir debout, dit-il lestement; mais je te savais avec cette excellente madame Limières, je pouvais être tranquille sur ton compte.

Ce mensonge stupéfia Lucienne; Charles, c'était l'adorateur entreprenant qui venait de la quitter. Prise de vertige comme sur l'extrême bord d'un abîme, elle fit signe à Maxime de s'asseoir auprès d'elle.

— J'ai presque réussi à oublier le passé; mais n'oublie pas, je t'en supplie, que je suis à peine convalescente, dit-elle d'une voix mal articulée en serrant entre ses mains glacées les mains de son mari; n'oublie pas non plus que le bonheur est devenu plus difficile pour moi que pour les autres femmes. Surtout, je t'en conjure, ne mets pas de mensonge entre nous. Je n'aurais jamais songé à m'inquiéter de tes visites à mademoiselle Lamberti, et me voilà maintenant troublée jusqu'au fond de l'âme, car ce même Charles dont tu parles a passé toute la soirée avec moi et m'a appris qu'il t'avait laissé auprès de cette femme.

Ces paroles sorties du cœur, qui appelaient une

réponse affectueuse et confiante, excitèrent chez Maxime une colère violente.

— N'était-il qu'un esclave soumis à l'espionnage et à la délation? Oui, il avait vu mademoiselle Lamberti; oui, il la verrait encore! Devait-il sacrifier son avenir d'artiste aux absurdes soupçons d'une femme jalouse?... On le traitait en suspect, il ne garderait dorénavant aucun ménagement; il avait menti, il mentirait demain, après-demain, toujours!

Maxime ne s'apaisa que lorsque Lucienne lui annonça la résolution de se retirer à Versailles chez sa grand'mère maternelle. La vanité de Maxime prit alors un autre cours; il ne voulait pas être quitté. A la colère succédèrent subitement les explications, les prières et les larmes.

Lucienne se laissa toucher. Une fois engagées sur la pente du pardon, les âmes généreuses ne s'arrêtent guère.

— Cette horrible crise était encore nécessaire, lui disait Maxime; je t'ai fait souffrir jusqu'ici par mon imprudence, par ma légèreté, surtout par mon ignorance de la vie. Maintenant je n'aurai plus qu'une préoccupation, qu'un soin, conjurer les dangers qui menaceront notre bonheur. D'où pourraient-ils venir, d'ailleurs, ces dangers?...

Nous l'avons dit, les dangers sont partout pour les affections que la trahison a une fois entamées. En entrant un matin chez madame Limières, Lucienne se trouva face à face avec madame Dourlas.

La femme du filateur avait obtenu de son mari l'autorisation de passer l'hiver entier à Paris.

Sa santé l'exigeait, disait un médecin complaisant.

L'excellent M. Dourlas, retenu à Montmorency par ses affaires, n'avait pas, quoi qu'il en coûtât à son affection, hésité à faire ce sacrifice. Il voyait avec joie ses économies de plusieurs années se convertir en bijoux et en chiffons.

Le fils aîné de madame Limières, agent de change, marié depuis peu, avait eu quelques relations d'affaires avec le filateur. Madame Coralie Dourlas sut habilement profiter de cette circonstance pour se

faufiler dans les salons parisiens, sous le patro-
nage de notre ancienne connaissance. Une défé-
rence absolue pour les conseils de madame Limières et quelques flatteries lui obtinrent sans diffi-
culté la première place parmi les protégés de la
saison.

Lucienne ne put se défendre d'une vive émotion
en revoyant la femme qui avait été l'occasion,
sinon la cause, de sa première désillusion. Quant
à madame Dourlas, soit insolence, soit hypocrisie,
elle s'informa avec empressement de son ancien
voisin de campagne, et déplora le prompt départ
qui avait rompu brusquement une amitié si pré-
cieuse pour elle dans l'isolement intellectuel auquel la condamnait son exil au milieu d'une fa-
brique, loin du monde parisien.

Un bal avait lieu deux jours plus tard chez l'a-
gent de change, madame Dourlas devait nécessairement y assister. En racontant à son mari la
rencontre qu'elle venait de faire, Lucienne lui
avoua naïvement qu'elle ne le verrait pas sans une
cruelle souffrance causer avec madame Dourlas,

la saluer même. Il fallait donc, malgré les pro-
messes antérieures, renoncer au bal de M. Limières.

— Chaque jour un nouveau caprice, murmura
Maxime. Pourquoi ne me défendez-vous pas de
sortir seul dans les rues de Paris?

Des larmes brillèrent au bord des paupières de
Lucienne.

Maxime prit son chapeau et quitta l'appartement, dont il referma bruyamment la porte derrière lui.

Ce n'était pas qu'il tint beaucoup à rencontrer
madame Dourlas; mais des camarades l'avaient
plaisanté la veille, après souper, sur le rôle d'a-
mant transi qu'il avait joué en Italie auprès de sa
femme. Pour rien au monde il ne voulait paraître
sous la domination de Lucienne. Dans les délicatesses d'une âme aimante, il ne vit qu'une odieuse
tyrannie, et résolut de s'y soustraire une fois pour
toutes.

Plus faible cependant encore que vaniteux, il
s'éclipsa le soir du bal sans trahir ses projets, et,

9

de retour au logis, vers cinq heures du matin, au lieu de raconter triomphalement à sa femme les incidents de la soirée, comme il se l'était promis en partant, il inventa un roman impossible pour justifier sa rentrée tardive.

Lucienne fut si peu la dupe de son mari, qu'elle n'éprouva aucun étonnement le lendemain quand, traversant avec lui, vers cinq heures du soir, le boulevard des Italiens, elle se vit arrêtée par madame Limières qu'escortait madame Dourlas, et entendit la mère de l'agent de change plaisanter Maxime sur son zèle pour la danse.

— Un collégien n'eût pas mieux fait, répétait en riant madame Limières en s'adressant à Lucienne; votre mari a valsé et polké de dix heures du soir à cinq heures du matin.

— Oh! vous exagérez, chère madame, reprit en minaudant madame Dourlas, qui éprouvait le besoin de venger à tout prix sa vanité froissée un an auparavant par l'abandon dédaigneux de Maxime. A cinq heures moins un quart j'étais chez moi, et, comme il faut, je crois, bien près d'une heure pour se rendre du haut de la rue Blanche à la rue de Fleurus, M. Baldiani, qui a eu l'extrême obligeance de m'accompagner, est parfaitement innocent des dernières polkas du bal.

Ces paroles furent pour Lucienne le coup suprême dont nous avons parlé. Appuyée sur le bras de son mari, après avoir quitté madame Limières et madame Dourlas, elle se sentit absolument seule au milieu de la foule qui circulait à ses côtés. Les souvenirs de la scène pénible qu'elle avait eue quinze jours auparavant avec Maxime, au sujet de mademoiselle Lamberti, passaient à demi effacés dans sa tête, sans plus l'émouvoir que n'auraient pu le faire les réminiscences lointaines d'un roman lu dans les premières années de son adolescence. Maxime fredonnait un air de romance pour se donner une contenance. Le moindre reproche sorti des lèvres de sa femme l'eût fait éclater en transports de colère; mais le silence de Lucienne l'exaspérait bien davantage encore. Il y vit une bravade, une affectation de mépris, de force et de supériorité. Hors de lui, après plusieurs tentatives infructueuses pour amener une discussion, il repoussa le bras de Lucienne et s'éloigna brusquement.

Lucienne ne l'arrêta pas. Elle rentra chez elle, résolue à quitter Paris dans la matinée du lendemain.

— Vous voulez, sans doute, me faire entendre que je dois sortir d'ici au plus vite, lui dit durement Maxime, quand elle lui fit part de sa détermination.

Et, comme Lucienne le regardait avec surprise :

— Est-ce que tout ce qui se trouve dans cette maison ne vous appartient pas? continua Maxime en s'animant. Il conviendrait peut-être à votre orgueil de me faire jouer le rôle odieux et ridicule d'un mari enrichi par la femme dont il a été le bourreau ; mais n'y comptez pas. Restez dans votre hôtel, recevez, donnez des fêtes ; j'irai, moi, dans le grenier que je n'aurais jamais dû quitter. Hélas ! continua-t-il en s'attendrissant sur lui-même, j'y ai vécu joyeux, confiant dans l'avenir et dans mon génie ; j'y retournerai le cœur mort, l'imagination vide, annulé moralement aux yeux de la société pour le reste de mes jours.

Jusqu'ici Lucienne ne s'était guère préoccupée
des côtés positifs de la vie ; les inextricables compli-
cations créées dans le mariage par l'enchevêtre-
ment des sentiments et des intérêts n'avaient jamais
arrêté sa pensée. Elle n'en fut que plus frappée des
paroles de Maxime. Ses devoirs lui apparurent subitement sous un jour nouveau. Nulle affection ne
la réclamait ailleurs. N'était-il pas plus digne d'un
noble cœur d'oublier les émotions et les exigences
de l'amour pour vivre auprès de Maxime en amie
dévouée, que de nourrir dans l'isolement d'égoïstes
rancunes et d'inutiles regrets ? Une fois le sacrifice
du bonheur résolûment accompli, son existence
redeviendrait tranquille et douce.

Illusion encore ! Maxime ne pouvait pardonner à
sa femme les torts dont il s'était rendu coupable
envers elle. Jusque-là les reproches et les larmes
qui constataient la dépendance de sa victime,
avaient rassuré son amour-propre d'homme et d'é-
poux ; mais dès que Lucienne montra un front
serein, dès que ses manières furent imperturbable-
ment affectueuses, l'orgueil de Maxime se révolta.

Ce calme apparent devait cacher, selon lui, un profond mépris. A partir de ce moment, il fit un crime à Lucienne de ses plus innocentes amitiés. De quoi une femme offensée entretiendrait-elle ses amis, si ce n'est des fautes de son mari?

Maxime ne manquait pas de se dépeindre lui-même comme un martyr du mariage. Il parlait sans cesse (aux femmes surtout) de sa sensibilité froissée, de ses inspirations d'artiste étouffées par la sécheresse d'âme et l'orgueilleuse froideur de sa femme. Le plaisir d'entendre accuser une personne aussi distinguée que Lucienne mis à part, celles à qui il ouvrait son cœur ne prenaient guère au sérieux ses confidences; elles étaient pour cela trop au courant de ses affaires domestiques. Maxime fut plus heureux auprès d'une femme remarquable à tous égards, qui, bien que née en France, y avait si peu vécu qu'elle s'y considérait comme une étrangère. Marguerite Daniel, avec la naïveté des grands cœurs, plaignit sincèrement Maxime jusqu'au jour où, un hasard de salon l'ayant placée auprès de Lucienne, elle se sentit prise d'une sympathie si vive pour cette jeune femme, qu'elle ne put s'empêcher, quand elle revit Maxime, d'exprimer quelques doutes sur les vices de caractère et la dureté de cœur qu'il lui attribuait.

— Il doit y avoir un malentendu entre vous ; amenez-moi au plus tôt votre femme, je la confesserai, dit-elle avec bonté.

Quelque contrariété que lui causât cette demande imprévue, Maxime dut obéir au désir de Marguerite Daniel.

Marguerite occupait une position exceptionnelle dans la société parisienne, où son apparition datait seulement de l'année précédente. Fille unique d'un diplomate français qui avait rempli des fonctions importantes dans diverses cours d'Allemagne, elle élevait deux jeunes enfants orphelins, fils d'un parent ou d'un ami.

D'ailleurs, Marguerite Daniel était-elle mariée ou veuve ? On n'en savait trop rien. D'importants travaux sur l'Allemagne et sur l'Italie lui avaient valu une célébrité européenne, et plusieurs circonstances de sa vie publique (tout artiste, tout écri-

vain de talent, homme ou femme, a une vie publique) ne permettant pas de mettre en doute la
noblesse et la dignité de son caractère, les plus
rigides n'en demandaient pas davantage pour ouvrir leurs salons à une jeune femme très-belle et
réellement bonne; nous pourrions ajouter *utile*, car
une ligne de Marguerite sur un homme ou sur une
œuvre n'était pas sans importance. Cette dernière
considération entrait bien pour quelque chose dans
l'enthousiasme qui accueillait en tout lieu Marguerite Daniel. Maxime, entre autres, flatté de l'approbation qu'elle accordait à quelques beaux vers sortis
de sa plume, épuisait en son honneur le vocabulaire
de la louange. Lucienne ne supposa donc pas
qu'elle pût contrarier son mari en allant passer auprès de Marguerite une soirée de printemps dont
elle avait vainement tenté d'abréger les heures par
la lecture et par la musique.

Le hasard voulut que Maxime rentrât ce soir-là
beaucoup plus tôt que de coutume; c'était la première fois depuis dix-huit mois qu'à pareille heure
il lui arrivait de ne pas rencontrer Lucienne au logis.

La femme de chambre, questionnée par lui sur la sortie de sa maîtresse, n'ayant su que lui répondre, il s'abandonna aux plus injurieux soupçons.

Dans le généreux pardon de Lucienne, dans la calme indulgence avec laquelle elle supportait sa conduite, il ne vit plus que le calcul d'une femme habile, charmée d'avoir conquis par quelques ennuis passagers des droits à l'indépendance. Quand, vers minuit et demi, Lucienne arriva souriante, animée, mille fois plus belle que de coutume, car elle avait oublié dans la conversation vivante et chaleureuse de Marguerite ses soucis et ses langueurs, Maxime dut faire un violent effort sur lui-même pour ne pas éclater en reproches.

— Je vois avec plaisir que vous occupez agréablement vos soirées, dit-il avec une indifférence mal jouée.

— C'est la première fois depuis notre retour à Paris qu'il m'arrive de sortir seule le soir, répondit tranquillement Lucienne.

— Et vous comptez sans doute recommencer sans tarder ?

9.

— Mais oui.

— Il vous importe peu de savoir si ce genre de vie a mon approbation? reprit Maxime d'un ton de plus en plus agressif.

— Il doit vous importer moins encore, il me semble, que je reste dans ma chambre quand vous êtes absent.

— Est-ce une déclaration de guerre ou une proclamation de *vos droits?* reprit Maxime tout à fait exaspéré. Eh bien! quelque motif d'indulgence que vous vous imaginiez peut-être trouver dans ma conduite personnelle, je vous déclare, une fois pour toutes, que, sur beaucoup de points, je n'admettrai jamais aucune égalité entre nous, et, pour preuve, je ne vous rends pas de comptes, moi, et vous allez me dire à l'instant même d'où vous venez.

— Non, certes, répartit vivement Lucienne, profondément blessée..., à moins que vous ne me le demandiez d'autre façon, reprit-elle presque aussitôt.

— Vous me bravez ouvertement! s'écria Maxime hors de lui. Nous verrons... nous verrons!

Lucienne eut pitié de son mari.

— J'ai eu tort, dit-elle avec calme, de no pas vous avoir dit, en entrant, que je venais tout simplement de causer avec Marguerite Daniel. Voici son dernier ouvrage qu'elle a bien voulu m'offrir, ajouta Lucienne en tirant un petit volume de sa poche.

— Je vous défends de retourner chez cette femme, répondit Maxime avec violence.

— Pourquoi donc ? demanda Lucienne surprise.

— Parce que cette intimité ne me convient nullement.

— Je ne l'aurais pas soupçonné en vous entendant parler de Marguerite.

— A mon point de vue d'homme, Marguerite Daniel est une femme de cœur, d'esprit et de talent ; mais les femmes ne possèdent ni assez de largeur dans l'esprit, ni assez de force dans le caractère pour que certaines opinions, certaines vérités, si vous voulez, puissent sans inconvénient être professées devant elles.

— Vous le savez depuis longtemps, reprit Lucienne avec une légère ironie, l'éducation que j'ai reçue ne m'a nullement préparée à ces subtiles distinctions sur les doses de vérité qu'il est permis à une femme d'absorber sans péril ; pour moi, comme pour vous, Marguerite est une femme de cœur, d'esprit et de talent, dont je serais heureuse de faire mon amie.

Ainsi engagée, la discussion dégénéra en une de ces tristes querelles intimes que l'élévation de l'âme et la meilleure éducation ne parviennent pas toujours à conjurer.

Restée enfin seule, Lucienne se sentit profondément humiliée.

— Que dirait ma grand'mère, si digne, si heureuse pendant quarante années de mariage ? que penserait ma mère elle-même, dont mon père a, du moins, toujours respecté les goûts et les idées, si elles pouvaient savoir ce que je subis aujourd'hui ? se répétait avec accablement la jeune femme. Un plus grand développement intellectuel, de plus larges aspirations devaient-ils me conduire à un degré de malheur qu'elles n'ont pas même soupçonné !

Lucienne ne retourna plus chez Marguerite ; mais tout devenait maintenant pour Maxime occasion de tempêtes. En entrant une après-midi chez sa femme, il y trouva l'oncle Étienne. Ne doutant pas que Lucienne et son père d'adoption ne parlassent de lui, et, bien entendu, ne se livrassent à une critique amère de ses sentiments et de ses actes, il laissa voir ses soupçons sans trop de ménagement, et se permit même quelques paroles blessantes sur l'intervention des grands parents dans les jeunes ménages.

L'oncle Étiénne sortit aussitôt, et à partir de ce jour n'apparut plus que rarement chez sa nièce. Cette brutale séparation affligea profondément Lucienne ; mais ce fut un malheur bien plus grand encore pour l'oncle Étienne, que l'isolement livrait sans défense aux intrigues qu'ourdissaient depuis longtemps autour de lui l'ancienne demoiselle de compagnie des Strawler, activement secondée par sa protectrice, madame Limières.

Trois mois plus tard, il entra un matin, pâle et défait, dans la chambre de Lucienne.

— Qu'avez-vous , mon cher oncle? s'écria la jeune femme.

— J'ai, répondit l'oncle Étienne, j'ai, ma pauvre enfant, que je me marie.

L'oncle Étienne prononça ces derniers mots à voix basse, le rouge au front. Il atteignait cependant à peine sa quarante-sixième année, et sa figure bienveillante et spirituelle était encore charmante. Mais, dès sa jeunesse, la légère difformité physique que nous avons signalée au commencement de ce récit, lui avait inspiré une douloureuse défiance de lui-même. A vingt ans, il aurait craint d'offenser une femme en lui parlant d'amour; à trente ans, il se considérait comme un vieillard. Son désintéressement des passions de l'âge viril devint bientôt si complet que, pendant toutes les années antérieures à son mariage avec Maxime, Lucienne ne mit pas un seul instant en doute que l'oncle Étienne ne fût vieux, très-vieux, à peu près du même âge que sa grand'mère tant regrettée. La pensée qu'il pût songer au mariage ne s'était jamais présentée à son esprit; une indicible expression de surprise le révéla trop clairement.

—Ma chère enfant, ajouta l'oncle Étienne avec embarras, il y a une vérité que je dois enfin m'avouer à moi-même ; jusqu'ici, avec des aspirations bonnes et généreuses au fond du cœur, je n'ai absolument vécu que pour moi seul. Riche, indépendant dès ma jeunesse, j'aurais dû contribuer au bonheur des hommes de mon époque ; mais, soit incapacité morale, soit faiblesse physique, au lieu d'agir, j'ai rêvé, et je ne suis jamais sorti du rêve. Ce n'est pas assez ; nous avons tous à payer une dette d'activité et de souffrance. Puisque j'ai été au-dessous des luttes de la vie publique, je dois prendre ma part des charges et des risques de l'existence privée. Voilà le principal motif de ma détermination ; le second, c'est que je ne puis venir en aide à une personne malheureuse et digne d'intérêt qu'en l'épousant. Autrement, poursuivit-il avec tristesse, autrement je ne l'aurais certes pas condamnée...

— Mon cher oncle, interrompit vivement Lucienne, laissez donc là une justification inutile : trop heureuse la femme qui passera sa vie auprès de vous.

— Qui sait ? murmura l'oncle Étienne, elle est si jeune, si belle, Hortense !...

— Hortense ! s'écria Lucienne avec une sorte de terreur.

Étienne de Cyntrix fixa sur sa nièce des regards qui révélaient éloquemment qu'il n'avait pas tout dit, et que, pour la première fois peut-être, son âme aimante et passionnée était dominée par l'amour.

— Hortense a été odieusement calomniée, balbutia-t-il d'une voix à peine articulée.

Devant cette suprême angoisse, Lucienne s'arrêta, l'accusation mourut sur ses lèvres. Que savait-elle de précis contre Hortense ? Fort peu de chose. Elle n'avait pas lu les lettres écrites par Michel à Maxime ; elle ignorait l'intrigue nouée par l'institutrice avec Léonce. La malveillance générale d'Hortense, l'ingratitude dont elle payait les soins empressés des Strawler, la vanité envieuse qui perçait dans ses regards et dans ses discours, avaient seules motivé le jugement sévère exprimé autrefois devant Michel par Mademoiselle de Cyntrix. Depuis cette époque,

la fuite d'Hortense en Angleterre ne laissait guère
de doute à Lucienne sur la valeur morale de l'institutrice; mais parce qu'une pauvre fille sans famille, sans lien d'aucune sorte en ce monde, avait
laissé envahir son âme par de mesquines passions,
parce qu'elle s'était montrée un jour imprudente
et faible, devait-on lui fermer à jamais la voie de
la réhabilitation et du bonheur ?...

Lucienne ne le crut pas; elle trouva de si bonnes
paroles pour féliciter l'oncle Étienne que l'excellent homme quitta sa nièce la joie au cœur.

Maxime accabla Lucienne de reproches quand
il apprit par elle les projets d'Étienne de Cyntrix.

— Il est affreux de laisser un honnête homme
épouser une femme telle qu'Hortense, s'écriait-il
hors de lui.

Cette indignation sembla incompréhensible à
Lucienne jusqu'au moment où quelques mots
échappés à Maxime lui apprirent qu'une cinquan-
taine de mille francs, dus, pour la plus grande partie, étaient aujourd'hui toute leur fortune.

Maxime avait compté sur la générosité de l'oncle Étienne pour relever ses affaires.

Étienne de Cyntrix s'était jusqu'ici regardé comme chargé du bonheur de sa nièce. Le succès de l'institutrice anéantissait cette dernière espérance.

Disons-le cependant à l'honneur de Maxime, la pensée de briser des projets de mariage si nuisibles à ses intérêts, par une dénonciation que les confidences de Michel lui rendaient si facile, n'entra pas dans son esprit. Quinze jours après la scène intime que nous venons de raconter, il assistait avec une gravité convenable aux noces de l'institutrice, qui, dès le lendemain de ce grand jour, partit pour l'Italie avec l'heureux Étienne.

La révélation arrachée à Maxime par le désappointement et par la colère ne fut que trop tôt confirmée. Les fournisseurs de toute sorte assaillirent l'hôtel des Champs-Élysées.

— Renvoyons nos domestiques, vendons ce somptueux mobilier et changeons d'appartement, disait Lucienne à son mari.

— Pour rien au monde ! Je n'entends pas faire

rire de moi, répondait impérieusement Maxime.
Persécuter un homme de mon espèce pour quelques misérables billets de banque ! Je leur appren-
drai ce que l'or me coûte à moi ! En quelques
journées de travail, j'en veux gagner dix fois plus
qu'ils n'en réclament pour le leur jeter à la face.

Après ces rodomontades, Maxime, tout à fait
perdu comme artiste par quatre années d'oisiveté
fastueuse, s'empressait de fuir l'hôtel, où il laissait
Lucienne se débattre comme elle le pouvait contre
les réclamations insolentes des créanciers.

Plusieurs camarades de plaisir s'étant donné la
satisfaction de plaindre bien haut, en face, et de
railler à voix basse, mais assez intelligible, l'artiste
amphitryon, dont le luxe les avait longtemps
éclipsés, la vanité de Maxime s'exalta jusqu'à la
démence. L'hôtel des Champs-Élysées vit encore
des dîners, des bals.

— La fortune revient toujours à ceux qui osent
lui tenir tête, répétait fiévreusement Maxime.

Plus d'une fois Lucienne dut recevoir ses hôtes le
sourire aux lèvres, après avoir subi d'humiliantes

réclamations d'argent de la part d'une femme de chambre ou d'un laquais.

Cette lutte insensée, dans laquelle s'engloutirent les derniers débris des trois cent mille francs de l'oncle Étienne, dura près d'une année. Raconter les crises intimes, les injustes récriminations, les réquisitoires incessants contre la société, la femme, le mariage, qui vinrent aggraver, pour Lucienne, les hontes et les douleurs d'un imminent désastre, ce serait réveiller des souvenirs mal endormis dans plus d'une mémoire. Combien de ménages parisiens traversent, un jour ou l'autre, plus ou moins rapidement, cette géhenne de la dette, des ambitions déçues et de la splendeur apparente recouvrant mal une profonde détresse !

Les choses en vinrent au point que Lucienne éprouva une sorte de soulagement d'esprit le jour où son mari lui annonça qu'il partait pour Milan en compagnie d'un premier ténor du Théâtre-Italien, et que cet ami se chargeait de son succès en Italie.

— Maxime n'était pas fait, disait-il avec une

emphase dédaigneuse, pour les luttes mesquines de la vie parisienne. A sa nature d'artiste il fallait un milieu sympathique et enthousiaste. On l'avait étouffé en France. La terre du soleil et des arts lui rendrait tout son génie.

XI

Lucienne se trouvait seule, pendant une triste après-midi d'hiver, dans le grand salon de son hôtel des Champs-Élysées. Ce salon était complétement dégarni de meubles; des caisses, des malles encombraient le parquet. Assise auprès du feu sur une petite chaise basse, la jeune femme feuilletait des papiers épars autour d'elle. Quelques-uns de ces papiers étaient mis de côté; le plus grand nombre, après un court examen, allaient augmenter la flamme du foyer. Elle rencontra bientôt deux ou trois lettres dont l'écriture la frappa, quoiqu'il lui fût impossible de se rappeler au premier abord où elle l'avait déjà vue. Elle parcourut négligemment les premières lignes de ces lettres, puis lut, sans s'arrêter, avec une attention avide une vingtaine de pages; elle apprenait à la fois l'amour enthousiaste qu'elle avait inspiré à Michel, la demi-trahison de Maxime envers son ami et envers elle-même, et les antécédents d'Hortense. Ces lettres adressées à Maxime étaient celles que Michel écrivait pendant son séjour à Sablonville et à Londres.

Ce qui concernait son mari laissa Lucienne assez indifférente; depuis longtemps son opinion sur lui était arrêtée; mais elle fut accablée de remords en songeant qu'elle aurait pu empêcher le mariage de l'oncle Étienne; elle rêva longtemps à ce Michel qui lui apparaissait maintenant si sincère, si naïf, si complétement noble et bon. Elle relisait pour la seconde fois les trois lettres, quand madame Limières entra brusquement dans le salon.

— Que se passe-t-il donc ici, ma chère enfant? s'écria l'obligeante dame avec impétuosité; je traversais par hasard les Champs-Élysées, quand j'ai vu des affiches de vente collées sur votre porte ; je suis encore tremblante d'émotion.

— Vous êtes mille fois trop bonne, répondit tranquillement Lucienne ; mon mari a laissé à Paris des dettes nombreuses, et comme il m'a été impossible de faire face à des engagements dont Maxime lui-même ignorait l'importance au moment de son départ, je vends les meubles de l'hôtel, voilà tout.

— Tout ! vous êtes un ange, ma pauvre petite. Comment pouvez-vous essayer de défendre un mari qui, après vous avoir ruinée, vous abandonne pour aller rejoindre en Italie cette Hortense que nous avons eu le malheur de connaître?

Hortense, crime impardonnable ! n'avait écrit à son ancienne protectrice qu'un billet de quelques lignes depuis son départ de France.

— Je ne vous apprends rien, n'est-ce pas? J'en serais désolée, ajouta madame Limières d'une voix plus douce.

— Soyez, madame, tout à fait sans inquiétude à cet égard, répondit Lucienne.

— Puis-je vous être bonne à quelque chose ?

Avez-vous des courses, des démarches à faire?

— Non, madame, je vous remercie.

— Enfin, qu'allez-vous devenir? Vous ne pouvez rester ainsi seule à Paris. Je vais écrire à votre mère de venir vous chercher pour vous conduire à Saint-Quentin.

— Je vous supplie de n'en rien faire, madame. Ma mère est parfaitement au courant de ma situation.

S'apercevant que Lucienne ne voulait à aucun prix de ses services, madame Limières, sans s'occuper autrement de la jeune femme, s'empressa de quitter l'hôtel des Champs-Élysées pour aller raconter à ses nombreuses connaissances ce qu'elle venait d'y voir.

Dès que Lucienne se trouva seule, elle laissa tomber sa tête entre ses mains avec découragement.

— Elle a raison, que vais-je devenir? se disait-elle.

Quinze jours auparavant, Lucienne avait reçu la lettre suivante de son mari :

« Vous m'écrivez que ces maudits créanciers deviennent de plus en plus pressants ; je ne sais réellement que vous répondre... Les dix mille francs que j'ai emportés avec moi et les quinze mille que j'ai laissés chez mon homme d'affaires sont absolument tout ce qui nous reste. C'est à peine si les dix mille francs suffiront aux dépenses nécessitées par la représentation de mon opéra, dont je m'occupe toujours très-sérieusement. Quant aux quinze mille autres francs, vous avez eu grand tort, il me semble, d'en abandonner la plus grande partie à ces affreuses gens ; cela n'a en rien changé la situation, et vous vous êtes privée d'une ressource sur laquelle je comptais pour vous. D'ailleurs, je m'en rapporte entièrement à votre intelligence et à la fermeté de votre caractère ; prenez des arrangements, empruntez, ce que vous ferez sera bien fait. »

Cette lettre n'étonna point Lucienne ; elle en conclut que Maxime trouvait la vie douce à Rome et ne voulait être troublé ni dans son repos, ni dans ses plaisirs. Avant de prendre une résolution défi-

nitive, elle crut de son devoir d'exposer sa situation
à sa famille. Madame de Cyntrix pouvait aisément
lui venir en aide en ce moment; la mort de sa mère,
chez laquelle elle s'était établie, comme nous l'a-
vons dit plus haut, après la ruine de son mari,
l'avait mise en possession d'une fortune assez con-
sidérable, dont les clauses de son contrat de mariage lui permettaient de disposer à sa guise. Mais
madame de Cyntrix habitait près de Léonce, nommé
depuis peu sous-préfet à Saint-Quentin ; ce fut
Léonce qui répondit à la lettre de sa sœur.

« Ce qui vous arrive ne nous étonne nullement,
écrivait-il ; l'ensemble de votre conduite rendait
une catastrophe inévitable. Non contente de compromettre votre avenir par le plus triste mariage,
il vous a fallu dépouiller votre famille et vous dépouiller vous-même en favorisant les entreprises
d'une intrigante ; je veux parler d'Hortense. Vous
exerciez une influence trop puissante sur l'oncle
Étienne pour que cette union déplorable se fût
jamais accomplie sans votre connivence active.
Votre mère cependant, malgré tant de fautes gra-

ves, veut bien encore s'occuper de vous, et je vous offre, en son nom et au mien, un appartement à la sous-préfecture de Saint-Quentin. Une existence obscure, oubliée, est maintenant tout ce que vous devez souhaiter dans votre propre intérêt. »

Après la lecture de cette lettre, Lucienne n'essaya plus de lutter; elle avoua franchement sa situation aux créanciers de son mari, et quelques jours plus tard il ne restait du somptueux ameublement de l'hôtel des Champs-Élysées, que la chaise sur laquelle la jeune femme était assise au moment où madame Limières vint offrir ses services banals et sa compassion indiscrète.

Une animation fébrile avait soutenu Lucienne jusqu'à la visite de madame Limières; elle avait même éprouvé une sorte de joie en voyant disparaître un à un les objets de luxe qui, depuis trois années, lui créaient de si cruels soucis. Mais maintenant, seule dans cette maison vide, elle se sentait écrasée par la préoccupation du lendemain.

Lucienne possédait à peine quelques centaines de francs, elle ne se reconnaissait aucun de ces talents supérieurs qui peuvent rendre une femme indépendante en la laissant respectée, et la pensée d'accepter l'offre de Léonce, si injurieuse par la forme, n'entrait même pas dans son esprit. — Que devenir?...

La nuit était tombée, le feu mourant sous les cendres jetait une faible lueur qui laissait dans l'obscurité l'extrémité de l'immense salon. La porte s'ouvrit sans bruit, et une personne, dont Lucienne ne distingua pas d'abord les traits, s'avança vers la cheminée.

—Marguerite Daniel! s'écria soudain la jeune femme.

— Moi-même, ma chère Lucienne, je viens vous prendre pour dîner avec moi à Auteuil.

— C'est impossible, répondit Lucienne avec découragement, vous ignorez sans doute...

— Arrivée depuis deux jours à Paris seulement, je sais pourtant beaucoup de choses, reprit Marguerite, puisque je viens de passer un quart d'heure avec madame Limières, chez la comtesse Liebinska. Ma voiture vous attend à la porte, ajouta la

jeune femme en serrant affectueusement la main
de Lucienne, et je vous supplie de ne pas me laisser
partir seule.

Lucienne ne résista plus. Elle mit un châle, un
chapeau, et monta en voiture avec Marguerite Daniel. Avant d'arriver à Auteuil, elle avait, sans s'en
douter, initié Marguerite à toutes les angoisses intimes, aux douloureuses expériences qui avaient si rapidement succédé pour elle aux illusions de l'amour.

— Et maintenant, disait-elle avec accablement
au moment où la voiture s'arrêtait devant la villa
de Marguerite, maintenant, à vingt-quatre ans,
mon existence est finie ; une mort prompte me
semblerait mille fois préférable à la vie qui m'est
offerte, à Saint-Quentin, auprès de mon frère !

— Non, ma chère Lucienne, s'écria Marguerite
d'une voix qui révélait la confiance qu'inspire l'habitude du succès, non, croyez-moi, vous serez heureuse encore.

Marguerite conduisit Lucienne dans un charmant
salon donnant sur le jardin, où elle la laissa seule
pendant quelques instants avec les deux beaux en-

10.

fants dont nous avons parlé. Lucienne était déjà l'amie intime de Hugues et de Jeanne quand Marguerite rentra ; elle prit en souriant madame Baldiani par la taille et ouvrit une petite porte cachée sous les tentures du salon.

— Cette chambre vous convient-elle ? dit-elle en se retournant vers Lucienne.

Lucienne recula de surprise en voyant, au milieu des flots de mousseline et des jardinières remplies de fleurs, les malles et les paquets qu'elle croyait avoir laissés dans le salon des Champs-Élysées.

— Oui, ma chère Lucienne, reprit gaiement Marguerite, vous êtes victime d'un enlèvement sérieux et prémédité. Jacques, mon cocher, a merveilleusement joué son rôle de complice. Pendant la halte que nous avons faite, si vous vous en souvenez, rue d'Amsterdam, chez ma couturière, il a trouvé moyen de se procurer un flacre et d'y faire emballer vos bagages. Me pardonnerez-vous mon crime ? ajouta Marguerite avec tendresse.

Pour toute réponse, Lucienne se jeta dans les bras de son amie.

Une heure plus tard, elle dînait entre Hugues et
Jeanne, en face de Marguerite Daniel.

Après les sombres mois d'isolement et de luttes
incessantes qu'elle venait de traverser, le joyeux
babil, les rires, les caresses des enfants, l'abandon,
l'enthousiasme, la gaieté de Marguerite, lui causaient une sorte d'éblouissement.

— Comment faites-vous pour être si heureuse?
ne put-elle s'empêcher de demander à Marguerite.

Marguerite ne lui répondit que par un sourire ;
mais, quand les deux enfants furent endormis,
quand les deux jeunes femmes se trouvèrent seules
dans un élégant cabinet de travail :

—Ma chère Lucienne, dit Marguerite, j'ai agi, il
y a quelques heures, d'inspiration, c'est-à-dire sans
l'ombre du sens commun; je comprends maintenant
qu'avant de vous entraîner dans une vie nouvelle,
avant d'associer votre nom au mien, de prendre
hautement le titre de votre amie, je vous dois ma
confession. Jamais, à personne en France, je n'ai
daigné donner une explication sur mon passé ni
sur mon existence actuelle ; la médisance et la ca-

lomnie ont donc pu s'exercer librement contre moi.
Peu m'importent les calomnies et les bavardages
des indifférents! Quant à vous, continua Marguerite en se rapprochant de Lucienne, la sympathie
que vous m'inspirez date de loin. Giuseppe Negrici,
que vous vous rappelez peut-être avoir vu à Florence, m'avait souvent parlé de vous avant le jour
où je vous ai rencon'rée pour la première fois à
Paris ; Giuseppe Negrici, ce sera mon premier aveu,
est depuis trois années le confident de toutes mes
pensées.

— Et vous êtes sans cesse séparés ! s'écria Lucienne avec suprise.

— La cause que nous servons tous les deux
l'exige, répondit Marguerite avec calme.

Une interrogation se peignit dans les regards de
Lucienne. Marguerite la comprit.

— Vous vous demandez pourquoi je n'ai pas
épousé Giuseppe, dit-elle en souriant, mon histoire
va vous répondre.

« Fille unique, et n'ayant point connu ma mère,
morte le jour de ma naissance, j'ai été élevée en

Allemagne dans des conditions qui devaient exercer une influence décisive sur mon existence entière. On sait assez que la soumission pratique des Allemands à toutes les traditions consacrées, à toutes les servitudes de la vie publique ou privée, n'est égalée que par leur licence du moment où ils pénètrent dans le monde de la théorie. Nulle part ce contraste n'est aussi frappant que dans le milieu érudit et formaliste à la fois où me plaçaient les goûts et la position de mon père. Le matin, dans son cabinet de travail, j'entendais exposer les doctrines les plus audacieuses, les plus poétiques utopies. Le soir, j'étais conduite, malgré mon extrême jeunesse, dans les salons aristocratiques, sanctuaires privilégiés de la routine, où chacun s'inclinait respectueusement devant les *divines vérités* léguées par les siècles passés.

» Ne pouvant rien comprendre à cette sorte de dédoublement de l'âme, dédoublement moins pénible peut-être aux natures métaphysiciennes du Nord que je ne le supposais à seize ans, je conçus un souverain mépris pour la morale mondaine qui commandait une telle duplicité, et je me plongeai dans des rêves de justice et de vérité absolue.

» Mon père ne semblait pas songer aux consé-quences probables de cette éducation. Les nécessi-tés de la carrière diplomatique, peut-être aussi les tendances naturelles de son caractère, lui avaient fait accepter depuis longtemps, comme une chose parfaitement simple, ce qui excitait à un si haut degré mon imagination. Avec ses amis, dans l'inti-mité du foyer, il soutenait volontiers les opinions les plus avancées; parfois même il lui arrivait de conformer à ces opinions sa conduite privée ; mais dès qu'il se trouvait en contact avec le monde, sans calcul ni préméditation aucune, il devenait subite-ment discret et réservé.

» Parmi les personnes qui m'entouraient, une seule partageait mes étonnements et mes colères; c'était un jeune secrétaire d'ambassade, récem-ment sorti du château paternel. Hugues de Morbray était l'unique héritier d'une famille illustre et res-pectée entre toutes les familles de la noblesse fran-çaise. Ses ancêtres, croisés au xii° siècle, et compagnons de La Fayette en Amérique au xviii⁶, se vantaient de n'avoir jamais trahi la cause de la liberté. Sous Louis XIV, tandis que ses pairs encombraient les antichambres de Versailles, Pierre de Morbray s'était enseveli au fond de sa province, plutôt que de ployer le genou devant le demi-dieu. Son petit-fils, François de Morbray, s'était fait remarquer à l'Assemblée constituante, aux côtés de Mirabeau, par son ardeur réformatrice. Élevé dans ces fières traditions, sous l'œil d'un père aussi distingué par son instruction et son intelligence que par les qualités du cœur, Hugues avait, à vingt ans, l'âme la plus sincère, la plus enthousiaste, la plus aimante qu'une jeune fille ait jamais rêvée. »

Marguerite Daniel se tut et alla prendre au fond de son cabinet de travail un coffret d'ébène qu'elle ouvrit devant Lucienne. De nombreuses lettres le remplissaient.

— Voilà le portrait de Hugues, dit la jeune femme en remettant un médaillon à son amie.

— La noble et charmante tête ! s'écria Lucienne,

après avoir contemplé pendant quelques instants la miniature.

— Hugues était le plus beau comme le meilleur des hommes, dit Marguerite avec une émotion si profonde que Lucienne leva involontairement les yeux sur elle. Des larmes brillaient aux paupières de Marguerite.

— Je sais toute votre vie maintenant, murmura Lucienne en lui serrant longuement la main.

— Non, fit Marguerite avec un sourire triste, non, vous ne savez rien encore. Hugues m'a souvent répété, continua-t-elle, qu'il m'avait aimée depuis le premier jour de son arrivée en Allemagne; moi, j'oubliai bientôt tout ce qui avait précédé nos mutuelles confidences. Au milieu des mensonges solennels des salons dont je vous ai parlé, nous nous étions créé un monde à nous seuls, monde de lumière et d'amour dans lequel nous nous renfermâmes si exclusivement que nous finîmes par croire à sa réalité. Il fut résolu que Hugues quitterait la carrière diplomatique, l'air nous manquait dans ces régions glacées. Une cousine, orpheline de

père et de mère, avait été élevée auprès de Hugues
comme une épouse future ; Jeanne aimait son cousin par soumission, tout au plus par habitude ;
Hugues lui ouvrirait son cœur et elle s'empresserait
de lui rendre sa liberté. Qu'on opposât à notre amour
des calculs d'ambition et d'intérêt, cela nous im-
portait peu ; notre travail ne nous procurerait-il
pas en tout lieu une existence modeste, mais digne ?
Nous hâtions de nos vœux le jour où nous pourrions nous élancer dans les grandes luttes, riches
seulement de notre intelligence et de notre énergie.
Mais Hugues n'avait pas atteint sa majorité, et
j'entrais dans ma dix-septième année : nous crû-
mes devoir garder pendant quelque temps encore
nos projets pour nous seuls.

» Nous vivions, depuis un an, de ces rêves héroï-
ques, quand une lettre de son père vint rappeler
Hugues en France. Atteinte d'une maladie grave, la
comtesse de Morbray voulait revoir son fils : un
congé de six mois avait été obtenu du ministre.
Hugues me fit jurer de lui écrire chaque jour ;
chaque jour aussi je devais recevoir une lettre de

11

lui. Cette convention, ignorée de mon père, ne me causait pas l'ombre d'un scrupule ; transplantée à douze ans en Allemagne, je n'avais aucune idée de la rigueur des convenances françaises lorsqu'il s'agit d'une jeune fille. Les lettres d'Hugues, débordantes de tendresse, me remplirent cependant de préoccupations douloureuses. Madame de Morbray, se croyant près de mourir, insistait pour que le mariage d'Hugues et de Jeanne eût lieu sans délai; elle se résignerait aisément à quitter la terre, répétait-elle souvent, dès que le bonheur de ses deux enfants serait assuré. M. de Morbray doutait si peu des dispositions intimes de son fils, qu'il faisait réparer l'aile du château destinée au jeune ménage, et Jeanne, probablement par indifférence, évitait avec soin tout ce qui pouvait amener une explication. Devant ce désir suprême et cette confiance, Hugues ne se sentait pas le courage de la franchise, son cœur était déchiré. Au bout de trois mois cependant, et contre toute attente, la comtesse se rétablit. Depuis son arrivée en France, Hugues n'avait pas quitté la chambre de sa mère; cette réclusion absolue, surtout les souffrances morales, altérèrent gravement sa santé ; le médecin lui conseilla des distractions, un séjour à Paris, et Hugues saisit avec empressement l'occasion d'échapper à une situation qui le torturait.

» Vers la même époque, mon père fut obligé de se rendre en Belgique, et je l'accompagnai. A peine arrivée à Bruxelles, je reçus une lettre d'Hugues, datée de Bruxelles même. Hugues se trouvait à quelques pas de moi ; me sachant si près de la France, il n'avait pu résister au désir de me revoir. Son intention, du reste, était de se présenter ouvertement chez mon père. Si sa famille apprenait son voyage et sa démarche, il s'en réjouirait, m'écrivait-il, car il se sentait incapable d'une plus longue dissimulation. Je m'opposai de toutes mes forces à l'accomplissement de ce dessein. La susceptibilité de mon père en semblable matière était extrême : un mot de blâme, une apparence d'hésitation de la part du comte de Morbray m'aurait à jamais séparée de celui que j'aimais.

» Je jouissais d'une très-grande liberté d'action,

et je ne connaissais à Bruxelles qu'une jeune femme tout récemment mariée qui avait été à Vienne mon amie et ma confidente; un soir qu'un travail important retenait mon père au logis, je ne vis donc aucun inconvénient à me rendre seule, en voiture, à l'*Allée Verte*, où m'attendait Hugues de Morbray.

» Jamais je n'oublierai cette soirée; j'avais ordonné au cocher de nous conduire à la campagne; il s'arrêta au village de Laeken. Quoiqu'il fît jour encore, nous descendîmes de voiture, et nous errâmes dans les sentiers que nos yeux ne voyaient pas; notre joie intérieure nous voilait l'univers. En fuyant les abords de la résidence royale, nous nous trouvâmes devant le cimetière; je ne sais trop pourquoi je voulus y entrer. Tant que le soleil brilla derrière les cyprès, tant que les insectes bourdonnèrent au-dessus des massifs de fleurs qui entouraient les tombes, nous parcourûmes les allées du cimetière, comme un instant auparavant nous avions parcouru la campagne, sans rien voir, enivrés de notre bonheur. Mais quand tous les rayons se furent éteints dans le ciel, notre pas se ralentit, nos paroles devinrent plus rares, un deuil solennel remplaçait autour de nous les éblouissements du jour. La mort reprenait possession de son domaine, il nous fallut enfin la regarder en face.

» Pour ma part, elle m'apparaissait radieuse. Ceux dont la poussière repose là vivent en nous, me disais-je, comme nous vivrons bientôt dans les innombrables générations qui vont nous suivre. Chaque bonne parole sortie de nos lèvres aura un écho dans les siècles à venir ; chaque noble action enfantera d'éternelles joies et d'éternelles grandeurs. Quelle récompense pour des labeurs et des efforts d'un jour ! Et mon âme s'envola vers les régions lumineuses de l'avenir.

» Tout à coup je m'arrêtai. Nous passions devant le mausolée sous lequel repose la Malibran.

» — Jurons, m'écriai-je transportée, jurons devant cette victime de la passion et du génie, jurons de lutter, de souffrir, s'il le faut ; mais de vivre et de mourir comme elle.

» — Lutter ! souffrir ! répéta Hugues avec un accent plein de fatigue et de langueur, à quoi

bon? il serait si doux de dormir dès aujourd'hui
sous ces blanches dalles, ensemble et pour toujours!

» J'éprouvai une impression étrange, comme un
déchirement de mon être. Hugues ne m'avait pas
suivie, il était resté sur la terre; dans les hautes
sphères de l'enthousiasme , devais-je me résigner
à être toujours seule?

» J'entraînai Hugues vers la voiture. Quand je
me séparai de lui à quelque distance de la ville, je
remarquai sur son visage une effrayante pâleur, ses
mains frissonnaient dans les miennes.

» — Nous n'irons plus le soir dans les cimetières,
répondit-il en essayant de sourire à mes questions
anxieuses sur sa santé; si l'air des tombeaux a
glacé mon sang, il vous a quelque peu troublé l'esprit, je crois.

» Selon nos conventions, je me rendis deux jours
plus tard, vers sept heures du soir, à l'*Allée Verte*.
Pendant une heure, pendant deux heures, la
voiture de place dans laquelle je me tenais cachée
roula lentement au milieu des brillants équipages.

Hugues ne parut pas. Le lendemain, le surlendemain se passèrent sans que je reçusse ni lettre ni message de lui. Le soir du quatrième jour, je courus à son hôtel.

» — Le beau Français que vous demandez est bien malade, me dit la maîtresse de l'hôtel avec un sourire quelque peu railleur. Nous l'avons mis entre les mains du meilleur médecin de la ville et d'une excellente garde ; mais si nous lui avions connu des amis à Bruxelles, nous les aurions avertis depuis longtemps. Un inconnu qui peut mourir chez vous, c'est toujours embarrassant.

» Hugues ne me reconnut pas, il ne s'aperçut pas même de ma présence. Son hôtesse n'avait rien exagéré : il était mourant. La garde-malade ne se trouvait pas auprès de lui, et l'aspect de la chambre dénotait la plus complète incurie. Je ne pus me résoudre à le quitter. Après deux heures d'hésitation et d'angoisse, je fis mon premier mensonge, j'écrivis à mon père que Cécilia, la nouvelle mariée dont je vous ai parlé, sous prétexte d'une promenade en voiture, m'avait emmenée par surprise à sa campagne ; elle voulait me reconduire elle-même à Bruxelles dans deux ou trois jours. Une autrelettre informa Cécilia de la vérité, et lui dicta les réponses qu'elle aurait à faire, si elle subissait par hasard un interrogatoire sur mon compte.

» Hugues avait une fièvre typhoïde de la plus dangereuse espèce. La journée du lendemain fut terrible. Vers le soir, j'étais seule auprès de lui, quand une porte s'ouvrit derrière moi. J'attendais le médecin, je ne tournai pas même la tête. On s'avança vers le lit. Je levai enfin les yeux, et je poussai en même temps un cri de terreur. Je me trouvais en face de mon père. Son visage était livide, ses regards mornes s'arrêtaient alternativement sur Hugues et sur moi. Il semblait douter encore.

» — Nous n'avons commis qu'une faute, c'est de vous avoir caché notre amour, m'écriai-je en tombant à ses pieds.

» Je disais la vérité ; mon accent le prouva sans doute, car mon père ne me repoussa pas. Je me relevai et me jetai dans ses bras. Il me serra longuement contre sa poitrine. La clef tourna dans la ser-

rure. D'un mouvement rapide mon père s'arracha
à mes étreintes, et s'assit auprès d'Hugues dans le
fauteuil que je venais de quitter.

» Le médecin venait faire à Hugues sa troisième
visite de la journée.

» — Pensez-vous, docteur, que votre malade
puisse être transporté sans danger à dix minutes
d'ici? dit mon père avec calme.

» — Tout vaut mieux pour lui qu'une chambre
d'hôtel, répondit le docteur; j'avais parlé d'une
maison de santé; mais madame s'y est formelle
ment opposée, ajouta-t-il en me désignant avec une
certaine familiarité de geste et d'accent.

» — Ma fille a eu mille fois raison, repartit mon
père; la place de son fiancé, de mon secrétaire particulier, est chez moi, à l'ambassade de France, où
je loge pour le moment. Si je n'avais été absent de
Bruxelles, M. de Morbray y serait installé depuis
plusieurs jours.

» Le médecin s'inclina jusqu'à terre. Hugues
resta en danger pendant plusieurs semaines. Mon
père le soigna comme il eût soigné son propre fils,

11.

et se montra envers moi d'une indulgence qui me déchirait le cœur.

» — Qu'ai-je donc fait pour perdre ta confiance? me répétait-il avec une douceur navrante. A quels chagrins, ma pauvre enfant, tu nous as exposés tous les deux!

» Une circonstance inquiétait étrangement mon père. Une lettre anonyme lui avait appris mon amour pour Hugues et mon séjour à l'hôtel. Qui avait écrit cette lettre?... Bien des années se sont écoulées avant que j'aie soupçonné moi-même la trahison de Cécilia.

» Quand Hugues reprit enfin des forces, mon père le fit appeler un matin dans son cabinet de travail, où je me trouvais déjà depuis quelques instants.

» — Je ne doute ni de votre honneur, ni de votre affection pour ma fille, dit mon père à Hugues avec une dignité calme; mais vous descendez d'une race illustre, et vous êtes destiné à posséder une grande fortune; tandis que ma fille est très-peu riche et d'une origine modeste. La main de Marguerite ne doit pas m'être demandée par vous, mais par le comte de Morbray, votre père ; retournez auprès de lui. Je n'exige de vous qu'une simple promesse, c'est que vous ne chercherez pas à revoir ma fille ; que vous ne lui ferez parvenir aucune lettre, tant que les circonstances resteront ce qu'elles sont aujourd'hui.

» Hugues promit. Quant à moi, j'aurais souffert mille morts plutôt que de tromper encore mon père.

» Trois semaines se passèrent sans apporter aucune nouvelle de la famille de Morbray ; pendant tout ce temps, j'osais à peine songer à mon amour devant la muette douleur que je lisais sur le front de mon père.

» Enfin, une lettre arriva. Dans les termes les plus flatteurs, les plus affectueux, le comte de Morbray sollicitait l'honneur de m'appeler sa fille. La joie de mon père me donna la mesure de ses inquiétudes passées. On annonça officiellement mon mariage à toutes nos connaissances françaises et allemandes et, sur les vives sollicitations de la comtesse de Morbray, il fut convenu qu'avant sa célébration, mon père et moi nous irions passer

quelques semaines en Touraine auprès de ma nouvelle famille.

» Des affaires importantes retardèrent de trois
mois l'exécution de ce projet. Pendant tout ce temps
Hugues resta dans sa famille : mon père l'avait
ainsi exigé. Nous partîmes enfin pour la France.

» Le château de Morbray était un ancien manoir
seigneurial, entièrement reconstruit au xviiᵉ siècle.
Une avenue de platanes conduisait à un immense
corps de logis flanqué de deux ailes qui s'avançaient
à droite et à gauche d'une cour pavée, fermée par
une grille de fer supportant les armes de la famille.
Du côté de la cour, un haut perron donnait entrée
sous le vestibule. L'autre côté du bâtiment présentait une façade régulière et imposante bordée d'une
terrasse, au bas de laquelle miroitait une vaste
pièce d'eau. Derrière la pièce d'eau, s'élevaient en am-
phithéâtre des bois magnifiques, percés de spacieu-
ses allées tirées au cordeau. Il y avait dans l'ensemble de ces constructions et de ce paysage quelque
chose de digne, d'austère, de solennel, qui, à première vue, me charma.

» Le bonheur de revoir Hugues, après quatre mois de séparation, l'accueil empressé du comte et de la comtesse de Morbray, n'étaient sans doute pas étrangers à cette impression favorable. Le père et la mère de Hugues s'étaient mariés tard ; déjà ils touchaient à la vieillesse. La noblesse de leurs traits, la grâce de leurs manières, commandaient irrésist'blement l'admiration. Le comte unissait aux plus exquises séductions de l'esprit une érudition profonde. Dans son cabinet de travail, où il s'enfermait dès les premières heures de la journée avec ses livres et ses instruments de physique, c'était un savant, un penseur, un disciple de d'Alembert et de Montesquieu ; à table et au salon, le soir, il enchantait ses hôtes par son talent de conteur, par l'éloquence entraînante avec laquelle il soutenait des théories philosophiques et politiques, paradoxales quelquefois, mais toujours élevées et généreuses. Malgré sa sympathie avouée pour les grands lutteurs du xviiie siècles, le comte de Morbray était religieux : un certain mysticisme d'imagination, une aptitude singulière à découvrir

des mythes et des symboles sous les faits les plus
évidents et les plus simples, lui permettaient même
de se croire, lui, adorateur de la raison, un catholique irréprochable. Cette prétention était l'objet
des attaques convaincues et incessantes d'un vieux
prêtre, interdit pour ses doctrines jansénistes, qui
était le commensal habituel du château. Un jeune
médecin, partisan enthousiaste des doctrines de
Broussais, ne laissait non plus échapper aucune
occasion d'argumenter contre le comte. Jamais la
comtesse de Morbray ne prenait part à ces discus-
sions ; des controverses théologiques ne touchaient
en rien, selon elle, à la religion, qu'elle faisait con-
sister tout entière dans la pratique de la charité.
L'aile droite du château avait été convertie par
l'excellente femme en une sorte d'hospice ; douze
lits, disposés dans une vaste pièce du rez-de-
chaussée, recevaient les malades que soignait avec
science et dévouement le jeune docteur matéra-
liste dont je viens de parler. La comtesse se réser-
vait néanmoins exclusivement le traitement des
coupures, des brûlures, des morsures de vipères,

et des autres accidents, si communs dans la rude vie des paysans ; elle prétendait, avec raison peut-être, que la médecine des livres n'entend rien à ces sortes de maux. Sa jeune nièce la secondait dans ses bonnes œuvres. Jeanne s'était spécialement chargée de la surveillance des petits enfants que les mères pauvres confiaient à la sollicitude des châtelaines en partant le matin pour les champs.

» Je ne vous ai encore rien dit de Jeanne. C'était sans contredit la créature la plus parfaite que j'eusse jamais rencontrée. Au moment de mon arrivée au château de Morbray, quand je l'aperçus accoudée sur la balustrade du haut perron, avec sa couronne vaporeuse de cheveux blonds, ses yeux d'un azur sombre, sa pâleur nacrée, sa taille aérienne, je crus à une apparition céleste. Je l'admirai bien davantage encore quand je la vis marcher, parler, sourire ; c'était la grâce, la suavité, le charme mêmes ; il y avait dans cette jeune fille de la reine, de l'enfant et de l'ange. Comment Hugues, pouvant l'aimer, m'aimait-il ? Ce fut ma première pensée. Hugues cependant ne semblait pas voir sa

cousine; il la traitait en camarade, et n'attachait
pas plus d'importance à sa présence qu'à celle de
deux vieilles demoiselles, amies de sa mère, et qui
résidaient habituellement à Morbray. Jeanne est
plus qu'une femme, me disais-je, elle est incapable
d'aimer comme l'une de nous; Hugues l'a sans
doute deviné depuis longtemps. Je fus confirmée
dans cette pensée par l'affection touchante que
Jeanne me témoignait. Deux ou trois fois, en arrivant près d'elle à l'improviste, je remarquai du découragement dans son attitude, de la tristesse dans
son regard. Un soir, tandis que je chantais un duo
avec Hugues, je crus voir un pli d'angoisse se creu-
ser sur son front. Qui peut pénétrer le mystère de
ces exquises natures? pensai-je; elle gardent ins-
tinctivement pour elles seules des émotions que le
vulgaire des hommes raillerait, ne pouvant les
comprendre.

» La comtesse de Morbray voulut me faire visiter
les appartements qu'elle me destinait; c'étaient
ceux-là même qu'on préparait pour Jeanne six mois
auparavant. Hugues m'avait si souvent répété que

sa cousine avait renoncé avec une indifférence
parfaite à des projets formés avant sa naissance
même, que je ne fus nullement étonnée d'entendre
la comtesse engager Jeanne à nous accompagner.
Jeanne nous suivit sans hésitation.

» Nous examinâmes minutieusement la salle à
manger, les offices, les salons de réception, la bi-
bliothèque qu'avait composée avec le plus grand
soin le comte de Morbray. La comtesse me consul-
tait sur les moindres détails, prête à tout boulever-
ser pour me plaire. Je ne pouvais qu'approuver.
Nous entrâmes enfin dans la chambre à coucher,
une merveille de fraîcheur et de goût. Je cherchai
Jeanne des yeux pour lui communiquer une re-
marque admirative sur un paysage de Claude Lor-
rain placé en face du lit. Jeanne n'était plus avec
nous. En me penchant sans but aucun à une fenêtre
ouverte, je l'aperçus à quelques pas de moi. Immobile, les coudes appuyés sur le balcon de la biblio-
thèque, la tête enfouie dans ses deux mains croi-
sées, elle semblait transportée en esprit bien loin
de notre terre.

» La comtesse fit en ce moment une réflexion sur le dépouillement précoce des grands châtaigniers qui bordaient la pièce d'eau ; j'y répondis sans quitter la fenêtre ; Jeanne se retourna vivement de mon côté, son visage était couvert de larmes. D'un mouvement spontané, je me rejetai en arrière. Quand je me hasardai de nouveau à regarder sur le balcon, Jeanne me sourit de son beau sourire calme; elle se croyait sans doute encore maîtresse de son secret.

» Je ne sais comment vous expliquer la révolution soudaine qui se fit en moi, dans cette même chambre, à cette même fenêtre, à ce même instant où je vis couler les larmes de Jeanne, j'eus le sentiment confus d'une longue erreur, je compris que c'était elle, elle seule qui pouvait être la fille du comte de Morbray, la compagne de la comtesse, l'épouse de Hugues.

» Bien des jours s'écoulèrent cependant avant que la pensée d'une rupture s'offrît nettement à mon esprit. J'attendais toujours avec la même impatience l'heure de la matinée qui me réunissait à

Hugues; je me sentais toujours aussi heureuse auprès de lui; Jeanne elle-même était dans ces moments-là complétement oubliée ; mais dès que je me trouvais seule vis-à-vis de moi-même, elle m'apparaissait telle que je l'avais vue sur le baloon. Je sondais alors attentivement mon cœur, j'analysais le passé, je scrutais l'avenir, et, après chaque examen, après chaque analyse, je m'accordais de moins en moins le droit de briser l'existence de Jeanne.

» L'impression favorable, produite en moi par le premier coup d'œil jeté sur le château de Morbray et sur ses dépendances, s'était vite effacée. Depuis longtemps déjà, je me sentais oppressée par l'inflexible uniformité des lignes architecturales, surtout par la morne régularité d'un paysage mesuré au pied de roi, sans nuances variées, presque sans fleurs. Tout cela cependant présentait un aspect trop noble, trop grandiose, pour qu'aucune modification pût y être apportée ; à moins d'anéantir Morbray, il fallait le laisser à jamais ce qu'il avait toujours été, un petit monde à part, immobile et

digne au milieu du grand monde changeant et
plein de contrastes. Je le compris bientôt, la destinée des maîtres de Morbray devait subir la même
loi ; aussi irrémédiablement que les serfs du moyen
âge, ils étaient condamnés à suivre le sort de leur
terre natale. A l'époque où s'édifia le Morbray que
j'avais sous les yeux, la dîme, les corvées, beaucoup d'autres droits seigneuriaux, donnaient à ses
possesseurs une existence princière ; en 1845, les
50,000 francs de rente, sauvés à grand'peine du
naufrage de 93, suffisaient tout juste à l'entretien
des vastes constructions en partie inhabitées, des
terrasses, des pièces d'eau, des cours d'honneur,
des avenues, toutes choses absolument improduc-
tives. Puis, une demeure semblable nécessitait une
armée de domestiques ; toute dépense anormale,
tout mouvement dans l'existence des châtelains de
Morbray, auraient fatalement produit autour d'eux
d'incalculables désastres. Malgré les avantages
apparents de leur situation, ces représentants
immaculés d'une race antique et autrefois privilé-
giée, étaient aujourd'hui esclaves et pauvres dans

la condition bourgeoise que leur avait faite l'irrésistible courant du siècle. Je savais tout cela longtemps avant de deviner l'amour de Jeanne pour
son cousin. Dans mes promenades solitaires au
milieu de la nature artificielle et anguleuse que je
vous ai décrite, il m'arrivait parfois de me répéter
machinalement à moi-même des paroles que
j'avais entendu prononcer à une princesse bavaroise dont les saillies réjouissaient les salons de
Vienne :

» — Soir et matin je remercie Dieu de m'avoir créée
princesse et trente fois millionnaire, répétait-elle ;
car dans tout autre condition, avec le caractère que
je me connais, il m'aurait fallu dire la bonne aventure ou chanter dans les rues. La liberté, pour la
femme, ne se trouve que tout en haut ou tout en
bas de l'échelle sociale : tout en haut, l'impunité
de nos caprices nous est assurée par la vénération
des sots ; tout en bas, par leur dédain. Quant
aux innombrables créatures placées sur les éche-
lons intermédiaires, depuis la fermière aisée
jusqu'à la duchesse pauvre, ce sont bien les plus

empêchés, les plus garrottés, les plus infortunés enfin de tous les êtres. »

» J'étais comme poursuivie par cette originale boutade, à laquelle j'avais attaché assez peu d'importance lorsqu'elle sortait de la bouche de la princesse. Les rêves, les projets qu'autrefois je faisais avec Hugues, n'était-ce pas une protestation contre l'existence morne, raillée par la grande dame bavaroise? Ces rêves, ces projets, vivaient toujours en moi, mais Hugues semblait les avoir complétement oubliés. Je ne m'en étonnais pas ; moins l'insatiable curiosté intellectuelle, Hugues avait une grande ressemblance morale avec son père. Dans son âme, comme dans celle du comte, se rencontraient des souvenirs et des aspirations inconciliables dès qu'il fallait les faire descendre des nuages de la théorie dans les rudes sentiers de la vie pratique.

» Une anecdote, racontée devant moi par le comte, vous fera mieux comprendre ma pensée :

» — En Amérique, racontait-il en se moquant de bonne grâce de lui-même ; en Amérique, j'ai trouvé admirable de voir des gens de toutes les classes de la société prendre place dans le même wagon ; mais, lorsqu'il s'est agi d'y monter à leur suite, j'ai donné l'ordre d'atteler ma voiture. »

» Hugues n'aurait pu, d'ailleurs, exécuter nos plans de vie active et errante sans désespérer sa famille. C'était à Morbray, entre le comte et la comtesse, qu'il devait vivre, voir grandir ses enfants, vieillir. Une impulsion puissante, dont j'ignorais à cette époque la direction, m'emportait ailleurs et plus loin.

» Quand, pleine de ces pensées, au retour de mes promenades, je rencontrais Jeanne sur la terrasse du château, jouant avec son grand lévrier blanc ou berçant dans ses bras quelque robuste enfant de laboureur, je ressentais un violent désir de lui demander pardon, de m'excuser auprès d'elle d'avoir pu songer un instant à lui ravir sa place naturelle. Châtelaine de Morbray ! c'était bien la seule existence possible pour cette jeune fille ; tout autre horizon lui aurait donné le vertige, un air moins calme aurait brûlé ses poumons, un terrain moins uni aurait déchiré ses pieds.

» Les jours s'écoulaient, pourtant, et je ne prenais aucun parti. Que dire à Hugues, à Hugues qui ne respirait que pour moi et que j'aimais? Que dire surtout à mon père, paisible, joyeux aujourd'hui, après avoir tant souffert par ma faute ?

» Un soir, à la tombée de la nuit, Hugues étant retenu au château par de jeunes voisins de campagne, je gravis seule les vastes allées qui s'élevaient derrière la pièce d'eau, La comtesse m'avait priée le matin même de fixer le jour de mon mariage. Se ferait-il, comme elle le souhaitait, au château ? J'avais rougi et balbutié ; madame de Morbray m'embrassa en me disant qu'elle allait conférer de tout cela avec mon père. Jeanne devait connaître ces détails ; elle était pâle, abattue, pendant le dîner ; au dessert, elle s'était retirée dans sa chambre, elle y pleurait sans doute. L'air, chargé d'électricité, était brûlant et lourd ; à mi-côte, je tombai épuisée sous un arbre. Des éclairs sillonnaient çà et là un ciel uniformément noir; le château, qui se dressait en face de moi sur la colline, m'apparut à cette lueur rapide et sinistre comme un mausolée gigantesque. « Ce sera mon tombeau ! ce sera mon tombeau ! » répétai-je plusieurs fois de suite à demi-voix, sans attacher d'ailleurs un sens clair à ces paroles que mes lèvres murmuraient comme d'elles-mêmes. Après un quart d'heure passé dans un état d'accablement moral qu'augmentait l'état orageux de l'atmosphère, j'entendis le grondement lointain du chemin de fer, qui, au grand désespoir du comte, traversait la lisière de ses domaines.

» — Ils vivent, ceux-là ! m'écriai-je, et j'éclatai en sanglots.

« Hugues, libre enfin, arrivait près de moi. Des fenêtres de la salle à manger il avait suivi tous mes pas sur la montagne. A ses questions suppliantes je ne répondis longtemps que par de nouvell s larmes ; puis, dans un transport subit, 'e lui dévoilai avec une franchise, une véhémence terribles, tout ce que je lui cachais depuis un mois : l'amour de Jeanne, mes remords, mes appréhen-

sions, mes tristesses, tout... jusqu'à ma résolution
de m'éloigner de lui ?

» Hugues me contemplait d'un air consterné, il
croyait à un accès de délire ; il me serrait comme
un enfant malade contre son cœur ; il me conjurait
de revenir à moi, de rétracter ces monstrueuses
paroles. Quand enfin le doute ne lui fut plus possible, il poussa lui-même des cris de démence ; il
éclata en reproches.

» — Je t'ai jusqu'ici respectée comme une sœur,
s'écria-t-il tout à coup ; mais dussé-je me tuer ensuite, je ne veux pas que tu puisses être l'épouse
d'un autre !

» Je jetai un cri de terreur ; Hugues se précipita
en pleurant à mes pieds. L'aimant comme je l'aimais, désespérée par ses larmes, il m'est impossible
de comprendre comment j'ai pu conserver mon
inflexible résolution. On dirait que les puissances
instinctives de notre être, domptées d'ordinaire par
le cœur et par la volonté, se vengent à certaines heures en broyant sans merci tout ce qui leur fait obsta
cle. Hugues, étendu sur la terre, pleurait toujours.

» — Je jure, articulai-je lentement, en prenant ses deux mains dans les miennes, je jure sur mon père et sur toi de ne jamais me marier.

» Pendant une seconde, Hugues plongea ses regards dans les miens avec une anxiété folle, puis, d'un bond, soudain il se releva et s'enfonça dans le bois.

» Je ne l'ai jamais revu. Il pleuvait à torrents lorsque, vers minuit, je regagnai le château. Au moment où je passais sur la terrasse, j'aperçus contre la balustrade une forme blanche qui m'effraya d'abord. En me rapprochant, je reconnus Jeanne.

» — Perdez-vous la tête, m'écriai-je en lui touchant l'épaule? Sans me répondre, Jeanne étendit son bras tout droit devant elle dans la direction de la pièce d'eau.

» Je crus voir rapidement passer, au milieu des ténèbres, une ombre plus noire.

» — Comme vous le faites souffrir! dit Jeanne avec un accent de reproche qui m'alla droit au cœur.

» — Vous le consolerez, murmurai-je.

» De force, j'entraînai Jeanne dans sa chambre.

Je comptai toutes les heures de la nuit. Dès que cinq heures eurent sonné, je descendis dans le cabinet de travail du comte. J'avais supporté le désespoir d'Hugues, mais je ne me sentais pas la force d'affronter seule la douleur de mon père.

» — Peut être tuez-vous mon fils, me dit le comte de Morbray après m'avoir écoutée dans un profond silence ; il m'est cependant impossible de vous maudire : je ne vous aurai bien connue qu'en vous perdant. Et vous, ma pauvre enfant, ajouta-t-il en me serrant contre son cœur, tandis qu'une larme roulait sur sa joue, vous ! qu'allez-vous devenir ? Avec une âme ainsi faite, il faut renoncer au bonheur ! Le comte m'accompagna chez mon père ; ce fut lui qui parla...

» Une demi-heure plus tard, le chemin de fer nous emportait, mon père et moi, vers Paris.

» Les soins que prit le comte de Morbray pour ne laisser aucun doute dans l'opinion publique sur les regrets que lui causait une rupture aussi brusque, rassurèrent la fierté et l'amour-propre de mon père ; mais combien il souffrait encore !... Ainsi que

e comte, il voyait mon avenir perdu, mon existence entière vouée fatalement au malheur. La
France, qu'il souhaitait quelques jours auparavant
de ne plus quitter, lui devint subitement odieuse : il
sollicita et obtint d'être envoyé à Saint-Pétersbourg
Nous y passâmes six ans. A la fin de la première
année, le comte de Morbray, avec lequel j'entrete
mais une correspondance active, m'écrivit que
Hugues reprenait quelque gaieté ; Jeanne aussi devenait chaque jour plus belle et plus séduisante. La
nouvelle de leur mariage ne se fit pas attendre. Un
an plus tard, je lus trois mots écrits par Hugues, au
bas de la lettre par laquelle le comte m'annonçait
la naissance de son petit-fils, du bel enfant avec
lequel nous avons joué ce soir ; Hugues m'écrivait :

» Je suis heureux ! »

» Étais-je heureuse, moi ? Non certes. En Russie
cependant, l'exaltation d'un récent sacrifice, la
préoccupation incessante des amis que j'avais
laissés à Morbray, l'étrangeté des coutumes, la supériorité d'intelligence très-réelle des gens qui

m'entouraient, les hommages empressés que procure, là comme partout ailleurs, la qualité d'étrangère, m'étourdirent un peu sur le vide de mon cœur et de ma vie. Quelques partis avantageux se présentèrent ; je les refusai sans hésitation. Épouser un inconnu après avoir repoussé Hugues ! Je ne me posai même pas la question.

» — Que deviendras-tu quand je ne serai plus là, y songes-tu ? me disait de temps en temps mon père avec une anxiété chaque jour plus vive, car chaque jour sa santé s'affaiblissait.

» Les conseils de son médecin déterminèrent notre retour en France. Alors seulement, lorsque, à vingt-quatre ans, tous les souvenirs du passé assoupis, je me trouvai entre les amis de mon père, rendus pour la plupart sceptiques et moroses par l'âge, et mes compagnes d'enfance, aujourd'hui mariées à peu d'exceptions près, occupées uniquement de leurs enfants, de leurs plaisirs et de leurs affaires, alors j'eus pour la première fois une conscience nette des tristesses qui m'attendaient. Mes amies mariées, cependant, me félicitaient à l'envi d'être restée libre ;

le mariage, selon elles, était le plus souvent la
ruine de toutes les illusions, une chaîne intolérable
pour la femme, une iniquité sociale, un enfer.
Celles qui n'étaient point mariées parlaient autrement ; les plus bienveillantes d'entre elles m'a-
vouaient qu'elles m'avaient cru la tête malade en
apprenant le dénoûment de mon roman ; les autres me donnaient clairement à entendre qu'elles
n'avaient jamais considéré comme volontaire ma
renonciation au titre de comtesse de Morbray. Cette
manière de voir m'étonna d'abord ; mais je fus
bien autrement stupéfaite lorsque, après avoir passé
quelques mois dans ce milieu, je me surpris un soir,
moi, la Marguerite du cimetière de Lacken ; moi, la
Marguerite des bois de Morbray, songeant aux
avantages que je pourrais trouver à épouser un
monsieur assez vieux, assez laid, assez nul et pas
trop riche, qu'on avait présenté dans la journée
chez mon père. Ce ne fut qu'un éclair, un de ces
rêves qu'on s'empresse de désavouer au réveil ;
mais enfin, de moi-même, sans suggestion étrangère, j'avais pu concevoir une telle pensée. L'éton-

nement, la honte que j'en ressentis, m'inspi-
rèrent des réflexions qui décidèrent de mon existence.

» Certes, elles se tro ꞈpen t, me disais-je, ces pau
vres filles qu꞉ aspirent au mariage, quel qu'il soit,
au mariage avec n'importe qui, comme un souverain bonheur; cependant mes amies mariées ne se
trompent-elles pas bien davantage encore? Loin
d'être, comme elles le crient si haut, la cause de
leurs souffrances, le mariage n'en serait-il pas, à
notre époque, l'unique palliatif? Elles sont, répètent-
elles, accablées d'ennui, dépendantes, enchaînées;
leurs maris sont despotes, impérieux, sans égard
pour elles; la loi, qui les prive de la libre disposition des biens qu'elles apportent eu dot, est une loi
inique. Il est cependant vrai que ces maris, tant
accusés, font souvent partager à leurs femmes une
situation, une renommée, des honneurs laborieusement acquis par eux, et qui ne leur coûtent à
elles que la peine d'avoir vingt ans et quelque
beauté; il est assez naturel que celui dont l'initia-
tive crée seule le bonheur ou la gloire d'une fa-

mille, entende y exercer sans contrôle le droit du commandement; enfin, il me paraît jusqu'à un certain point juste qu'une dot, fruit des soucis et des labeurs paternels, soit remise à celui qui, son travail aidant, peut y trouver le point de départ de richesses nouvelles.

» Je le compris bientôt, continua Marguerite, notre malheur réel à nous autres, femmes du monde, notre malheur primitif, originel, c'est de recevoir une éducation qui nous rend inhabiles à tout travail; d'être, en un mot, absolument incapables de *gagner notre vie;* cette expression vulgaire et brutale est la seule exacte. L'homme de science, l'artiste, l'industriel, l'ouvrier même, trouvent dans leurs affaires, dans la pratique de leur art et de leur métier, l'aisance matérielle, l'indépendance morale, des satisfactions d'intelligence, d'imagination, de vanité; quand les joies de la vie intime leur manquent, ils ont encore un but, une raison d'être; ils peuvent du moins ne demander au mariage que le bonheur intime. Satisfactions de l'orgueil, de l'imagination, de la vanité, considération, bien-être,

nous devons, nous autres femmes, tout demander
au mariage; et, comme il est à peu près impossible
que l'homme, procurant de si nombreux et si grands
avantages sociaux, donne en même temps les joies
du cœur, ces joies sont dans nos unions presque
toujours sacrifiées. Ce sacrifice n'est pourtant pas,
comme on voudrait le faire croire, une fatalité de
la destinée féminine, puisque toute ouvrière laborieuse y échappe. Bien plus aisément que la femme
du monde, l'ouvrière peut aussi échapper aux tortures et aux hontes d'une union mal assortie. Si
l'injustice, la violence ou la débauche souillent son
foyer, elle prend ses enfants dans ses bras et s'enfuit; la moindre industrie, d'humbles travaux d'aiguille assureront à ses enfants ce que nous autres,
reines de salon, nous ne saurions, abandonnées à
nous-mêmes, assurer aux nôtres, le pain de chaque
jour, le respect et la liberté. De ces considérations,
de ces analyses, ajouta Marguerite, je tirai une con-
clusion générale, c'est que le mariage deviendra
pour les femmes une institution éminemment bienfaisante le jour où elles auront trouvé le moyen de

s'en passer. Nous sommes les esclaves de tout ce qui nous est indispensable, et, à ce titre, le mariage ne nous tyrannise ni plus ni moins qu'une foule d'autres nécessités.

— Cependant,... dit Lucienne.

— Vous pensez à vous en ce moment, ma chère Lucienne, reprit en souriant Marguerite; eh bien, vous, la plus authentique victime en apparence de l'institution si vivement attaquée, vous, l'épouse trahie, ruinée, abandonnée de Maxime Baldiani, vous êtes une preuve convaincante à l'appui de mes idées. Remarquez-le d'abord, l'exercice d'un art, d'une profession, tout en vous procurant l'indépendance matérielle, vous autoriserait à l abiter seule. De quoi êtes-vous d'ailleurs menacée? d'aller reprendre dans votre famille la place que vous y auriez toujours occupée si vous ne vous étiez pas mariée.

— Permettez-moi une toute petite observation, ma chère Marguerite, interrompit Lucienne; n'étant pas mariée, je pourrais du moins prétendre au mariage. Cette objection dérange quelque peu votre argumentation, bel avocat du code, ajouta en riant la jeune femme.

—Oh! ne vous y trompez pas, répartit vivement Marguerite; malgré l'ardeur avec laquelle je viens de défendre le mariage, j'ai cependant contre lui quelques griefs sérieux, un surtout : c'est qu'étant indispensable à toutes les femmes, il reste inacessible à la plupart d'entre elles. Combien de femmes se trouvent aujourd'hui condamnées par la pauvreté, soit à une véritable mort morale, l'interdiction absolue de l'amour, soit au mépris! Les sorties éloquentes contre la cupidité et l'égoïsme des hommes, les appels généreux à leur cœur ne peuvent rien contre cette plaie sociale. En toutes choses la lance d'Achille a fait son temps, la guérison des maux causés par le mariage ne doit pas plus être demandée au mariage, que l'adoucissement des horreurs de la guerre à la guerre même. Pour les déshéritées dont je parle, comme pour les autres femmes, il n'est qu'un rédempteur possible, c'est le travail. Lorsqu'au lieu d'être une charge, elles seront une garantie d'aisance pour un ménage, les

maris ne leur manqueront plus. Du reste, il n'est
point vrai que les femmes soient les victimes d'une
loi d'exception ; tout homme qui de nos jours veut
demeurer oisif doit se résigner à l'avance au mariage d'intérêt, aux spéculations honteuses, à la
servitude.

» Il ne s'agissait plus, continua la jeune femme,
que de me découvrir une aptitude quelconque, de
me créer une profession. J'étais, comme nous le
sommes toutes, musicienne et peintre ; mais j'avais,
de plus, un sentiment assez profond de l'art pour
comprendre que ni comme musicienne, ni comme
peintre, je n'étais sérieusement douée. Tous mes
efforts, toutes mes études artistiques n'eussent
abouti qu'à augmenter de ma personne le nombre
des médiocrités honorables. Je songeais à apprendre
un métier, la gravure sur bois ou la peinture sur
porcelaine, par exemple, lorsque des notes sur la
Russie, envoyées au comte de Morbray, me revinrent avec de tels éloges, de si vifs encouragements
à mettre en ordre mes observations et à les publier,
qu'avant toute autre carrière je crus devoir tenter

13

la carrière littéraire. Grâce à la connivence du
comte, mon premier ouvrage vit le jour sans que
personne pût en soupçonner l'auteur. Mon père
lui-même n'apprit qu'après la constatation de mon
succès quel nom s'abritait derrière le pseudonyme
de Daniel. La joie, le repos d'esprit qui succédèrent
à ses préoccupations douloureuses furent ma meilleure récompense.

» — Je mourrai calme maintenant, me dit-il,
tu as du talent, je ne redoute plus rien pour
toi.

» Et, comme si sa tâche eût été accomplie en ce
monde dès que je pouvais marcher sans lui, il dé-
périt rapidement et me laissa bientôt seule. Je
n'avais plus autour de moi aucune affection sérieuse; mon père avait mille fois raison, sans la
nécessité du travail, sans l'amour de mon art qui
chaque jour grandissait en moi, je n'aurais pu supporter cette épreuve. Je partis pour l'Italie. Les
sympathies qu'inspirait le nom de mon père,
ma réputation naissante, me donnèrent bientôt
d'excellents amis au milieu desquels je vivais pres-

que heureuse, quand une lettre du comte de Morbray vint m'annoncer une nouvelle foudroyante.
Dans la même semaine, à deux jours de distance,
Hugues et sa femme étaient morts. Un matin, par
un beau soleil d'automne, Hugues, après avoir em-
brassé Jeanne, qui allaitait son second enfant, une
petite fille, était parti pour la chasse : deux heures
plus tard, des paysans le rapportaient au château
sur une civière de branchages; ils l'avaient trouvé
évanoui au fond d'un fossé, avec une balle dans la
poitrine. Le lait de Jeanne lui monta instantané-
ment à la tête, et elle mourut, la nuit suivante,
d'un accès de fièvre chaude. Hugues souffrit encore
pendant deux longs jours ; quelques instants avant
sa mort il reprit connaissance, et, ayant obtenu à
force de supplications qu'on lui révélât la vérité sur
Jeanne, il fit jurer solennellement à son père
qu'aussitôt après sa mort ses enfants seraient con-
duits auprès de moi. — Moi seule, disait-il, devais
les élever, car j'étais leur mère aussi. Par une prévoyance étrange dans un pareil moment, il voulut
donner une certaine légalité à ce vœu et en fit la

clause unique du testament qu'il trouva la force de dicter.

» La comtesse de Morbray était morte depuis trois ans, Hugues et Jeanne ne laissaient que des parents très-éloignés ; le comte de Morbray put donc, sans soulever aucune réclamation, huit jours après l'enterrement de ses enfants, remettre les deux orphelins dans mes bras. Lui-même ne survécut que dix-huit mois à son fils.

» Voilà toute mon histoire, ajouta Marguerite. Quand j'ai rencontré Giuseppe, j'étais la fille du comte et la mère de Hugues et de Jeanne. »

Marguerite resta un moment silencieuse, elle semblait absorbée dans les tristes souvenirs qu'elle venait d'évoquer.

— Serez-vous mon amie ? dit-elle enfin à Lucienne en lui tendant la main, et surtout suivrez-vous mes conseils ?

—Hélas ! dit Lucienne en embrassant Marguerite, je n'ai le germe d'aucun talent, moi !...

— Qui sait ? dit Marguerite, j'aurais parlé comme vous à Morbray. Tenez, poursuivit-elle en prêtant l'oreille au tintement de la sonnette du jardin, nous allons voir arriver un ermite de mes voisins, un ami intime de Giuseppe, qui va nous aider à vous découvrir une vocation.

Une seconde plus tard, Lucienne rougissait visiblement en voyant entrer Michel Symier dans le cabinet de travail de Marguerite.

XII

Les amies de madame de Cyntrix et les connaissances de Lucienne ne manquèrent pas de jeter les hauts cris quand elles apprirent que madame Baldiani avait accepté chez Marguerite Daniel une hospitalité qu'aucune d'elles ne lui avait offerte.

— Il était étrange, incroyable, inouï, répétaient-elles en chœur, qu'une jeune femme n'ayant ni parents ni affaires à Paris s'obstinât à y rester ; il était surtout inconvenant au dernier point qu'elle s'installât chez une femme presque aussi isolée, presque aussi jeune qu'elle. En agissant ainsi, Lucienne éloignait d'elle la pitié qu'on était disposé à lui accorder ; elle justifiait tous les torts de son mari.

Ces commentaires malveillants se transformèrent en véritables anathèmes lorsqu'il fut avéré, quatre mois plus tard, que madame Baldiani avait ouvert sur le boulevard de la Madeleine un atelier de photographie. On ne daigna même plus s'occuper de Lucienne, elle était descendue trop bas ; mais madame de Cyntrix, cette femme du meilleur monde ; mais Léonce, qui d'un jour à l'autre serait, sans aucun doute, nommé préfet ; mais Valentine, la sœur cadette de Lucienne, dont le mariage avec un conseiller d'État était presque arrêté, excitèrent les plus vives sympathies. Quelle humiliation, quel désespoir pour tous les membres de cette famille, quand ils apprendraient par la voix publique, peut-être même par les journaux (une femme comme Lucienne était capable de tout), que leur fille, que leur sœur faisait pour trente francs le portrait du premier venu !

Le sous-préfet de Saint-Quentin ne put longtemps contenir l'éclat de son indignation. Lucienne
reçut de son frère le billet suivant :

« Je viens d'apprendre que vous exploitez, en
plein boulevard, je ne sais quelle industrie. De
votre part rien ne peut m'étonner ; cependant,
j'espère que vous respecterez assez le nom de votre
père, mon nom, pour ne pas vous en servir comme
d'enseigne. Je saurais d'ailleurs vous en empêcher.
Aucune séparation légale n'étant intervenue entre
vous et votre mari, le nom de M. Baldiani est le
seul que vous ayez le droit de porter. »

Ces terreurs de fonctionnaire firent sourire Lucienne. A Auteuil, l'amie de Marguerite Daniel
s'appelait madame Lucienne tout court, et le nom
de Lucienne était seul connu à l'atelier du boulevard. La lettre de Léonce fut, du reste, bien vite
oubliée ; le meilleur préservatif de la jeune femme
contre les calomnies, les dédains et les sarcasmes,
c'est qu'elle n'avait pas le temps d'y songer. Des
études élémentaires de chimie, dirigées par Michel,
occupaient les premières heures de ses matinées ;

ses journées se passaient dans l'atelier de photographie, et des traductions allemandes remplissaient ses soirées, souvent ses nuits entières. Ces traductions n'étaient pas une spéculation de la part de Lucienne ; familiarisée dès son enfance par l'oncle Étienne avec la langue allemande, elle s'efforçait d'acquitter sa dette de reconnaissance envers Michel Symier en lui rendant accessibles d'importants travaux à peu près inconnus en France.

C'était Michel qui, dans le conseil intime tenu par Marguerite, afin de découvrir une vocation à Lucienne, avait fixé le choix de la jeune femme sur la photographie. — Lucienne semblait n'admettre comme possible pour elle que la carrière des arts : peindre la miniature ou donner les leçons de chant, elle ne voyait rien hors de là. Quelque troublé qu'il fût par les souvenirs de Sablonville, Michel n'hésita pas à la contredire. — Se faire artiste de propos délibéré et dans un but d'utilité personnelle, c'était selon lui une action coupable, on contribuait ainsi à la dégradation de l'art, l'un des plus grands malheurs sociaux. Mais,

à côté de l'art pur, il existait une foule de professions exigeant de sérieuses études et d'exquises
qualités qu'on avait le tort immense d'abandonner
à des manœuvres. Parmi ces professions, celle de
photographe lui semblait convenir plus qu'aucune
autre à une femme; de minutieux détails de pose et
de toilette, de légères variations dans les ombres
et dans la lumière, mille circonstances fugitives
contribuant avant tout au succès des opérations.
Michel avait fait beaucoup de photographie dans
ses voyages, de plus il était lié avec un célèbre
savant, inventeur de procédés encore peu connus;
Michel offrit ses services à Lucienne.

En les acceptant, dès le premier soir, *l'amie des
gazelles* ne se doutait nullement qu'absorber à son
profit les heures de son camarade d'enfance, c'était
peut-être le priver de pain.

Depuis le voyage à Londres, tout avait été malheur dans l'existence de Michel. Après une lutte
opiniâtre contre ce qu'il appelait un sentiment
égoïste, il fut obligé de s'avouer à lui-même que
les confidences de son ami, au sujet de mademoi-

selle de Cyntrix, le plongeaient dans un profond découragement. Distractions, études, projets grandioses, tout lui devint indifférent dès qu'il cessa en pensée d'y associer Lucienne. Abandonnant, sans leur donner un regret, des travaux longtemps poursuivis avec une passion intense, il quitta la France plusieurs mois avant le mariage de l'heureux Maxime, et se mit à explorer les côtes de la Méditerranée. Le mouvement, l'étude rapide des hommes de races diverses, des monuments, des paysages, toutes choses qui autrefois l'enivraient, ne lui causaient plus maintenant qu'une sensation de confusion pénible et de fatigue intolérable. Sous l'empire d'une volonté forte, son intelligence s'intéressait encore parfois aux scènes variées qui passaient devant ses yeux ; mais son imagination, son cœur étaient sans cesse avec Lucienne et l'oncle Étienne sous les grands bois de Sablonville.

Bien des mois s'écoulèrent ainsi ; Michel ne prit même pas la peine de les compter. Il traversait l'Italie comme il avait traversé l'Égypte, la Syrie et la Grèce, marchant devant lui pour marcher, sans intérêt, sans but, quand un hasard d'auberge lui fit faire la connaissance de Giuseppe Negrici. Aux premières phrases échangées entre eux, les deux jeunes gens se reconnurent pour frères ; en quelques heures, ils se lièrent d'une amitié étroite. Giuseppe emmena Michel à Florence et le présenta chez Marguerite Daniel, près de laquelle se trouvait en ce moment le comte de Morbray. Dans l'intimité de ces âmes d'élite, le fils du voyageur sentit bientôt la passion des grandes choses se réveiller en lui. Après un oubli de trois années, Paris, la science, les études commencées lui apparurent tout à coup rayonnants, pleins d'attractions irrésistibles. Il dit au revoir à ses amis, et courut se renfermer dans cette même mansarde qu'il avait jadis partagée avec Maxime. Par malheur, un soi-disant ami vint l'y trouver. C'était un gentilhomme du Midi, très-vain de compter un comte de Narbonne parmi ses ancêtres. A l'époque où le hasard le jeta sur la route de Michel, le Narbonnais parcourait la Judée, en quête d'impres-

sions pieuses qu'il se proposait de rimer en son-
nets. Dévoré du besoin de faire parler de lui, et
appréciant à sa juste valeur, malgré ses hâbleries
aristocratiques, un blason absolument dédoré, il
abandonna son programme poético-chrétien dès
qu'il eut causé pendant quelques heures avec Michel. Les idées neuves et hardies qu'il emprunta
sans façon à son compagnon de voyage lui fourni-
rent la matière de trois brochures ultra-démocra-
tiques. Mais comme les transplantations d'idées ne
réussissent jamais, les brochures jaunirent chez
l'éditeur, et le gentilhomme narbonnais se jeta
dans la spéculation simple et franche. Il s'intitulait
gérant d'une société anonyme, quand il monta
dans la mansarde de Michel pour lui proposer l'a-
chat, à un prix triple de sa valeur, de la petite terre
dont nous avons autrefois parlé. Michel répondit
par un refus. Le méridional ne se tint pas pour
battu, il fit un soir les frais d'une mise en scène
tragique. Son avenir, son honneur, tout allait être,
disait-il, compromis, s'il ne pouvait prouver par
un acte authentique qu'il était propriétaire-foncier.

Une incroyable fatalité voulait qu'il n'eût pas en
ce moment d'argent disponible, et Michel seul le
connaissait assez pour se fier à sa signature. Michel
ne savait pas résister à une prière : un acte de
vente ne lui donnant aucune garantie sérieuse de
payement fut signé séance tenante. A un mois de
là, le Narbonnais écrivait à Michel un billet de
quelques lignes pour lui annoncer qu'il quittait la
France ; on lui offrait, disait-il, une position splendide en Algérie, et ses amis ne tarderaient pas à
entendre parler de lui. Michel comprit que c'était
un éternel adieu. Sa générosité aveugle le laissait
absolument sans ressources. Écrire pour avoir du
pain, publier ses souvenirs de voyage sans les avoir
fécondés par l'étude, ne lui semblait pas possible.
Les emplois subalternes entraînant la dépendance
et l'assiduité forcée, les seuls emplois accessibles,
en l'absence de protections puissantes, à ceux qui
n'ont pas fait d'études spéciales, répugnaient à sa
nature. Marguerite fut sa providence ; elle lui pro-
cura des leçons de mathématiques dans quelques
familles russes établies à Paris, avec lesquelles elle

avait conservé des relations depuis son séjour à
Saint-Pétersbourg. Michel put ainsi vivre, à la rigueur, tout en conservant la liberté d'esprit nécessaire à ses travaux. Économe de son temps, et se
défiant de sa faiblesse, si souvent exploitée par des
camarades dans un but d'intérêt ou de plaisir, il
loua à Auteuil, dans la maison d'un maraîcher,
deux toutes petites chambres, d'où l'on apercevait
les arbres de Judée et les acacias de la villa de Marguerite.

Lucienne voyait Michel tous les jours depuis six
mois quand Marguerite lui apprit ces derniers détails. Elle ne les aurait jamais devinés. Michel paraissait si totalement dégagé de préoccupations personnelles, il mettait si insoucieusement son temps
et son intelligence au service de ses amis, il s'en-
thousiasmait si exclusivement des grands sentiments et des nobles pensées, enfin, il s'inquiétait
si ardemment du bonheur de tous, que nul ne
soupçonnait qu'il pût manquer quelque chose au
sien. Émue par les révélations de son amie, Lucienne lui parla pour la première fois des liens

d'enfantine amitié qui existaient entre elle et l'ami
de Giuseppe ; pour la première fois, elle l'entretint
du séjour du père de Michel, du Juif-Errant, chez
sa grand'mère ; elle parla du négrillon, de l'autruche, des gazelles, des pêches miraculeuses faites
dans le vieux bateau, de tout, excepté de ses souvenirs de Sablonville, beaucoup plus vivants dans
sa mémoire. Marguerite ignorait jusque-là qu'il y
eût jamais eu entre Lucienne et Michel autre chose
que de simples relations du monde ; la certitude
de laisser son amie sous la sauvegarde d'une affection de longue date, sanctifiée par de vieilles
traditions de famille, lui donna enfin le courage
d'accomplir une résolution chaque jour prise par
elle, et chaque jour remise au lendemain. Depuis
cinq mois on l'attendait en Italie ; elle fit ses préparatifs de départ.

Lucienne ne pouvait, sans égoïsme, montrer sa
douleur à Marguerite ; mais elle était intérieure-
ment consternée. Elle voulut quitter la villa d'Auteuil.

— Reste ici, je t'en conjure, disait Marguerite,

qui avait pris avec Lucienne la douce habitude
du tutoiement ; tu me rendras un immense service. Mes fleurs et mes oiseaux meurent presque
toujours en mon absence. Si tu tiens absolument
à être chez toi, il y a un moyen de tout arranger ;
dès que tu le pourras, et cela ne tardera pas, j'en
suis certaine, tu prendras en mon lieu et place les
droits et les charges de la location, et c'est moi qui
viendrai alors te demander l'hospitalité, lorsque je
rentrerai en France.

Lucienne resta. Ce n'était pas seulement le regret de perdre son amie qui faisait trembler sa
voix et qui troublait son regard, au moment où elle
embrassait pour la dernière fois Marguerite dans
la gare du chemin de fer. Michel était là, près
d'elle ; ils allaient reprendre ensemble la route
d'Auteuil ; il fallait ne plus le recevoir, rompre
avec lui, ou affronter un tête-à-tête de tous les
instants.

XIII

Deux mois plus tard, Lucienne se trouvait seule, un matin, dans le cabinet de travail de Marguerite. Les fleurs fanées dans les vases et dans la jardinière, les livres, les albums, épars sur les meubles, indiquaient une incurie de plusieurs jours. L'une des fenêtres, toute grande ouverte laissait entrer à flots la brûlante lumière du mois d'août, dans laquelle tourbillonnaient pêle-mêle les pénétrantes senteurs de l'œillet et du jasmin, les moucherons et les abeilles. Les volets et les rideaux de l'autre fenêtre étaient hermétiquement clos. Vêtue au hasard d'un peignoir blanc, les cheveux dénoués comme au sortir du lit, quoiqu'il fût bien près de midi, Lucienne allait et venait fiévreusement au milieu de ce désordre. Tantôt, sans souci des rayons qui éblouissaient ses yeux et mordaient son

front, elle s'accoudait en plein soleil sur l'appui
de la fenêtre ouverte, et plongeait avidement ses
regards dans le jardin ; tantôt, elle se réfugiait dans
la partie la plus obscure de l'appartement, et restait de longs instants immobile, la tête cachée entre
tre ses mains. Elle était mille fois plus belle dans
ce trouble qu'aux jours frais et joyeux de Sablonville. Ses yeux semblaient plus noirs et plus voilés ; ses cheveux, toujours blonds comme les blés
mûrs, avaient des enroulements plus gracieux et
plus hardis ; les lignes de ses épaules, de ses bras,
de son corsage accusaient à la fois plus de délicatesse et plus d'ampleur. La beauté des premières
années n'a ni ces ombres, ni cette flamme, ni cette
langueur, ni ces prestiges, ni ces mystères, ni cette
audace.

Les heures passèrent après les heures. Vingt fois
Lucienne se précipita vers la croisée ; vingt fois elle
se rejeta découragée au fond du cabinet. Le calme
du soir allait se faire partout, quand, l'orage grondant plus fort dans le cœur de la jeune femme, elle
quitta le divan sur lequel elle était à demi couchée

et fit lentement plusieurs tours dans l'appartement. S'approchant alors d'une petite table, elle écrivit d'une main rapide :

« Peut-être arriverai-je auprès de toi aussitôt que cette lettre ; il faut que je parte... il faut que je m'en aille... Nous étions si heureux ! Pourquoi nous as-tu quittés, Marguerite !... Mais tu ne savais rien, tu ne sais rien encore. Pendant six mois, je t'ai trompée, je t'ai laissé croire que Michel était pour moi quelque chose comme un ancien valseur présenté par hasard dans un bal, et quand la vérité m'est enfin échappée, je t'ai entretenue d'un turbulent compagnon de jeu, d'une sorte de petit cousin sans conséquence, auquel on reproche toute sa vie la mort d'un oiseau ou la disparition d'une poupée. Il est bien vrai que nous avons dévalisé ensemble les abricotiers de ma grand'mère, que nous avons lutté à la course avec les gazelles et l'autruche, que nous avons fait une rude guerre, sous le vieux saule, aux sangsues et aux goujons. Mais j'ai revu Michel au retour de ses voyages. Il avait vingt-quatre ans, et moi dix-huit ans, lorsque

mon père l'a conduit à Sablonville. Michel, à cette
époque, ne m'a jamais dit qu'il m'aimait ; ce que
je sais, cependant, ce dont je suis certaine, c'est
qu'un malentendu, une erreur... une fausse inter-
prétation de la conduite de Michel, m'a seule em-
pêchée de devenir sa femme. Cette erreur, je l'ai
reconnue en parcourant une vieille correspondance, le jour même où, quand tous m'avaient
abandonnée, tu es venue vers moi dans ce funeste
hôtel des Champs-Élysées, le jour même où la destinée m'a remise en face de Michel. Comprends-tu
maintenant pourquoi je voulais quitter la villa ?
pourquoi je veux fuir aujourd'hui ? Fuir ! quelle
hypocrisie envers moi-même ? Si mon cœur bat à
se rompre, si ma main tremble, si je n'ai pas dormi
depuis trois nuits, si depuis trois jours je suis folle,
c'est que depuis trois jours je n'ai pas vu Michel !
Mais j'ai vu Maxime, *mon mari*. Oh ! ne va pas l'accuser de mes tortures, ce n'est pas un tyran, ce
n'est pas un despote ; liberté entière pour lui, pour
moi, tel est aux yeux de Maxime l'idéal du mariage. Si c'était un piége ? Il devait aller voir Mi-

chel, *mon voisin de campagne*, a-t-il dit d'un ton indifférent ; un camarade lui avait donné son adresse. Que s'est-il passé entre eux ? S'ils s'étaient battus ! Si l'un d'eux avait été tué ! Non, je le saurais : tout se sait dans ce village. Ils ne se sont pas battus ! Maxime aura fait appel à l'honneur, à la délicatesse de Michel, et Michel aura juré de ne plus me revoir... Mais ne pouvait-il m'écrire?... me faire savoir?... Quoi !... Michel venait me voir ; il ne vient plus... Voilà tout?... Ils ont bien agi tous les deux. Est-ce ma faute si je suis faible, si la solitude me tue... Trois grands jours seule ! trois siècles !

» Nous sommes au samedi, aujourd'hui ; le mercredi, mon dernier jour de bonheur, m'apparaît dans un incommensurable lointain. Était-ce bien moi, Lucienne, qui traversais rapidement la prairie encore couverte de rosée pour aller rejoindre Michel dans le petit pavillon qui me sert de cabinet de physique ? Était-ce bien moi qui rentrais lentement au logis deux heures plus tard, appuyée sur le bras de Michel ? Le jardin était déjà en fête,

les géraniums, les pétunias, les héliotropes, les ro-
ses étincelaient au soleil, et remplissaient l'air de
parfums. Nous passions entre d'épaisses bordures
de lavande que saccageaient follement les papillons
et les abeilles ; Michel jouait avec les lévriers, sans
interrompre une dissertation commencée sur le
brome et sur l'iode. Puis nous avons garni de frai-
ses les barreaux de la volière, et nous nous sommes séparés en nous donnant rendez-vous pour le
soir dans mon atelier, où je devais mettre en pratique la leçon du matin.

» Tout me souriait dans cette journée de mercredi. J'ai trouvé, m'attendant, boulevard de la
Madeleine, une famille florentine qui m'apportait
une lettre et des souvenirs de toi. Les deux jeunes
filles, ces sœurs d'une beauté si rare et si diverse,
voulurent poser ensemble. Ce fut un bonheur pour
moi de reproduire les traits capricieux et mutins
de la cadette à côté du visage rêveur, pâle, exqui-
sement pur de l'aînée. Pendant mon travail, le
père et la mère m'entretenaient de toi, de l'*illus-
trissima e amatissima signora*. Ils me disaient l'en-

thousiasme que tu excites dans les âmes italiennes, le culte dont tu es l'objet à Florence ; ils me demandaient si je n'irais pas un jour visiter leurs beaux palais, m'enivrer de leurs rêves de liberté, de leur soleil. Je me laissais éblouir par cette flamme ; je ne voyais qu'éternelles fêtes, qu'éternelles amitiés devant moi.

» La famille florentine était encore dans mon atelier lorsque Michel vint m'y retrouver. Lui aussi s'exalta en parlant de toi, de Giuseppe, des merveilles de Florence, et surtout de l'immortel espoir des nobles cœurs, de l'indépendance prochaine de l'Italie.

» Nous étions, lui et moi, sous l'empire d'une émotion inaccoutumée, d'une sorte d'ivresse intellectuelle, quand, tes amis italiens partis, nous montâmes en voiture pour retourner à Auteuil. Je donnai l'ordre de traverser les Champs-Élysées et le bois de Boulogne. Jamais la rapidité, la foule, le bruit ne m'avaient causé de tels éblouissements. Puis, quand la nuit se fit, je tombais subitement dans un état de vague torpeur; des excitations de la journée il ne me resta plus qu'un complet oubli des réalités de l'existence. Il faisait tout à fait sombre, notre voiture roulait dans l'épaisseur du bois depuis combien de temps? je ne sais, quand un faux pas de l'un des chevaux qui nous conduisaient me rendit à moi-même. Michel tenait mes deux mains dans les siennes ; à travers més paupières fermées je sentais ses regards fixés sur mes yeux. Je me rejetait vivement au fond de la voiture.

» — Nous allons verser !... J'ai peur ! Descendons ! m'écriai-je sans savoir ce que je disais.

» Michel était déjà à terre. La voiture renvoyée, je l'entraînai rapidement à travers les arbres en me moquant bien haut, bien bruyamment de mes terreurs. Ces tentatives pour reprendre les allures de notre camaraderie accoutumée n'aboutirent qu'à rendrent plus embarrassant le silence complet dans lequel bientôt nous retombâmes. Comme nous approchions de la grande cascade, une troupe de jeunes gens et de jeunes femmes apparut à quelque distance. C'étaient des éclats de rire, des cris, des lazzi sans fin. Pour éviter cette rencontre,

nous gravîmes le monticule qui domine le bassin.
La bande joyeuse ne s'éloignait pas. Nous nous as-
sîmes, Michel et moi, sur un rocher. Au grand
jour, la grotte, le lac, la chute d'eau factice m'a-
vaient toujours semblé assez vulgaires; ils m'apparurent grandioses et poétiques dans la demi-ob-
scurité de cette nuit d'été. On n'entendait depuis
quelques minutes que le bouillonnement de la
cascade.

» — Qui boit maintenant l'eau battue de l'Ile-
au-Moulin? dit tout à coup Michel.

» C'était la première fois qu'il évoquait devant
moi les souvenirs du passé.

» — Supprimer les six années qui viennent de s'é-
couler, et nous retrouver tous les deux sur cette île
bienheureuse! ajouta-t-il, comme achevant tout
haut un rêve depuis longtemps commencé.

» J'avais en ce moment la même pensée.

» Des cris joyeux se firent de nouveau entendre;
les jeunes gens et les jeunes femmes se précipi-
tèrent en désordre sur le monticule; chacun d'eux
tenait à la main la bougie qu'il avait allumée pour

passer sous le rocher derrière la nappe d'eau. Cette procession folle défila d'abord sans nous voir; mais un tout jeune homme, presque un enfant, qui s'amusait à faire tournoyer sa bougie au-dessus de sa tête, éclaira soudainement d'une vive lueur le rocher contre lequel nous étions appuyés.

» — Deux amoureux! cria-t-il d'une voix glapissante.

» Vingt regards curieux, moqueurs, ironiques, s'appesantirent sur nous. Les moins écervelés poussèrent en avant leurs camarades, et tous s'éloignèrent en criant, en chantant sur tous les tons :

» — Deux amoureux! deux amoureux!

» Ce fut un affreux supplice, quelque chose d'analogue à ces cauchemars qui, après nous avoir promenés dans les pures régions de l'éther, nous précipitent brusquement au milieu d'une foule immonde. Nous quittâmes aussitôt la cascade, et, sans nous parler, sans même nous prendre le bras, nous nous dirigeâmes vers Auteuil.

» Une fois dans ton cabinet de travail, les lam-

pes allumées, nous restâmes longtemps en face
l'un de l'autre, embarrassés même de nos regards.
Michel disloquait un éventail. J'arrachais machinalement les pétales d'un dahlia. Enfin je me levai
et j'allai prendre sur ma table de travail des traductions que j'avais faites la nuit précédente. En
cherchant une feuille égarée, je rencontrai les
journaux et les lettres déposés là par ma femme
de chambre. Je lus rapidement trois adresses et
rejetai les lettres sur la table sans me donner la
peine de briser les enveloppes. La quatrième
adresse me pétrifia : c'était l'écriture de Maxime et
le timbre portait la date du jour et le mot *Paris*.
Je retournai la lettre ; c'était aussi le cachet de
Maxime. Michel suivait mes mouvements avec
anxiété.

» — Maxime est ici, murmurai-je.

» Nos regards terrifiés se rencontrèrent. J'allais
briser le cachet.

» — Pas maintenant, pas maintenant, je vous
en supplie ; adieu! s'écria Michel en se précipitant
vers la porte.

» Il allait disparaître ; je courus vers lui.

» — Vous reviendrez ! lui dis-je.

» Il me serra la main sans me répondre.

» Il était dix heures du soir ; à cinq heures du matin je tenais encore la lettre de Maxime entre mes mains sans l'avoir ouverte. Des phrases terribles, écrasantes, sortaient de ce papier. Les moindres circonstances de la promenade au bois de Boulogne m'apparaissaient démesurément grossies, sous des couleurs odieuses. Les lueurs bleues du matin luttaient depuis longtemps avec la lumière mourante des lampes, quand, faisant un grand effort de courage, je déchirai l'enveloppe et lus ce qui suit :

« Je suis à Paris depuis hier, ma chère Lucienne,
» et j'en dois repartir dans deux jours. Je ne veux
» pas passer aussi près de vous sans aller vous ser-
» rer la main. Tout ce qu'on me dit ici d'ailleurs
» me prouve que je n'avais pas trop compté sur les
» ressources de votre esprit. Certains maris vous
» reprocheraient sans doute d'avoir choisi une
» profession un peu vulgaire ; moi je n'ai, vous le

» savez, aucun préjugé ; si cette existence vous
» convient, continuez-la. J'ai eu dernièrement à
» Bade d'assez grands succès musicaux dont je
» vous entretiendrai demain. »

» La lettre me tomba des mains. Dans la situation d'esprit où je me trouvais, j'aurais préféré la colère et des reproches à ces banalités glaciales.

» Je n'eus même pas la pensée de me coucher. Vers dix heures du matin, je rattachai mes cheveux et je passai une robe. Maxime ne se fit pas attendre. Il arriva frais, pimpant, joyeux ; après m'avoir serré la main comme s'il m'avait quittée la veille, il me transmit d'un ton dégagé les souvenirs de l'oncle Étienne et d'Hortense, et me félicita, au même instant, sur l'agréable habitation que je devais à l'amitié de Marguerite. Pas un mot sur les pénibles affaires dont j'étais restée chargée en son absence ; mais d'interminables détails sur les valses, les polkas, les fantaisies de sa composition qu'exécutait l'orchestre de Bade. Il achevait une *opérette* qui allait établir définitivement sa réputation. C'est à ce propos qu'il prononça le nom de

14.

Michel. Michel avait, me dit-il, rapporté du fond de l'Afrique deux ou trois airs de danse, d'un rhythme bizarre, qui feraient merveille dans son œuvre ; il voulait demander à son ami s'il les possédait encore. Rien dans son regard ni dans son accent, je me le rappelle parfaitement, malgré mes inquiétudes de tout à l'heure, rien ne trahissait la jalousie.

» Bientôt Maxime se leva. Il fit le tour du salon en critiquant les gravures ; puis, s'approchant du piano, il essaya une de ses valses. Après avoir lancé brillamment la ritournelle, il prit congé de moi en s'excusant sur d'innombrables affaires de la brièveté de sa visite et de l'impossibilité où il se trouverait sans aucun doute de me revoir avant son départ.

» Depuis ce moment, depuis jeudi matin, je suis seule, et ce sera désormais toujours ainsi... Que vont devenir mes traductions allemandes si utiles à Michel. Je ne l'*annulais* pas, lui.

» — Sans vous, mon travail n'aurait rien valu, me répétait-il chaque jour.

» Et moi, que saurais-je, que ferais-je si je n'avais reçu ses enseignements et ses conseils? Oh! dis-moi, Marguerite, toi dont l'intelligence est si vaste et si calme, dis-moi si, parce qu'à dix-huit ans je me suis abusée un jour, je dois passer mon existence entière dans l'inutilité, dans le désespoir; si tu savais les sophismes, les révoltes qui depuis trois jours ont bouleversé ma pauvre tête! Sacrifier mon bonheur, mon existence entière à un mari qui me dédaigne, qui me repousse, est-ce réellement un devoir pour moi?

» Cependant, de toute mon âme j'ai promis de n'aimer que Maxime, de toute ma volonté je l'ai juré. Ai-je le droit de reprendre mon serment parce qu'il a violé le sien? Toutes les fiertés, toutes les délicatesses se tiennent. Où descendrais-je si, une seule fois, je fais passer ma soif de bonheur avant ma propre estime? L'heure des illusions n'est plus : la camaraderie est maintenant impossible entre moi et Michel... mais que va-t-il devenir si je cesse de le voir? Son avenir sera perdu, ses vastes projets avorteront... Nous nous étions

l'un à l'autre tellement indispensables !... Si
au moins je pouvais lui dire adieu !... Mas il
ne vient pas. — Il ne viendra plus... Jamais,
jamais ! »

Lucienne enfouit sa tête entre ses mains et san-
glota.

La nuit était tout à fait close quand la porte du
cabinet de travail s'ouvrit lentement. Lucienne ne
pouvait pas voir Michel, mais elle le devina et
poussa un cri. Puis elle se leva effarée et chercha
pendant longtemps dans l'obscurité ce qui lui était
nécessaire pour allumer une bougie. Quand elle
eut posé le flambeau sur la table auprès de sa lettre à Marguerite, elle retomba glacée dans le fauteuil qu'elle occupait quelques instants auparavant. Michel était resté auprès de la porte. Pendant
un silence de plusieurs minutes, pas un regard ne
fut échangé entre eux.

— Je venais vous faire mes adieux, dit enfin
Michel d'une voix éteinte, sans lever les yeux sur
Lucienne.

— Où allez-vous ? demanda Lucienne avec effort.

— Je retourne en Afrique.

Il y eut un nouveau silence. Il fut interrompu par un sanglot étouffé de la pauvre femme.

— Que s'est-il passé ?... Que vous a-t-il dit ? s'écria Michel en se précipitant vers Lucienne.

— Il m'a dit... ses succès à Bade.

Un éclair de joie illumina les traits de Michel.

— Il ne vous aime pas ? — Il ne réclame pas votre amour ?...

Un sourire lui répondit.

— Il faut nous séparer !... Mais c'est moi qui vais partir ; j'irai en Italie rejoindre Marguerite, murmura Lucienne, se rappelant la première les tristes nécessités de la situation.

XIV

Ni Lucienne ni Michel ne quittèrent Auteuil. Deux années de travail et de bonheur s'écoulèrent pour eux. L'ouvrage de Michel s'achevait. C'était une de ces œuvres, encore si rares, où la tendresse du cœur et l'enthousiasme s'unissant à de sérieuses études, illuminent et agrandissent les problèmes scientifiques et sociaux tenus jusqu'ici pour les plus arides. De telles œuvres étaient à peu près impossibles sous le règne des doctrines qui anathématisent la matière et posent des barrières infranchissables entre les choses de la chair et les choses de l'esprit; aussi sont-elles l'un des traits caractéristiques de notre époque.

Une remarquable grâce de forme, une explosion naïve de confiance et de joie, dues à la collaboration involontaire et inconsciente de Lucienne, donnaient un grand charme aux pages écrites par Michel.

Des hommes éminents, à qui furent soumises quelques parties de ce travail, le recommandèrent à l'un des meilleurs éditeurs de Paris. La fortune, peut-être, et certainement la renommée, allaient récompenser les consciencieux labeurs du jeune voyageur. Lucienne était plus joyeuse encore que

son ami, elle comptait les jours qui la séparaient
du moment tant attendu de la publicité. Ses affaires
à elle avaient aussi grandement prospéré. Les niais
et puérils mépris que le monde déverse invariablement sur ceux qui tentent des voies inusitées,
avaient, comme toujours en cas de succès, fait
place à l'engouement; celle qu'on regardait deux
ans auparavant comme presque dégradée, devenait
maintenant une héroïne dont on se disputait les
sourires et les heures. Une certaine princesse russe,
adressée à Lucienne par Marguerite Daniel, avait
puissamment contribué à mettre la belle *photographe* à la mode. Peu s'en fallut que l'altesse ne fît
elle-même concurrence à sa protégée, tant elle
trouvait admirable qu'une femme bien née, bien
élevée, exerçât un métier. Cet enthousiasme rappelait celui des seigneurs de la cour de Louis XV
pour le rabot d'*Émile*. Une bonne pensée de Lucienne mit le comble à sa réputation. La vente des
meubles de l'hôtel des Champs-Élysées n'avait
guère profité qu'au propriétaire de l'hôtel, et bon
nombre de créanciers avaient dû se résigner à dé-

chirer leurs titres. Dès que Lucienne put gagner quelque argent au delà du strict nécessaire, elle se fit scrupule de vivre dans l'aisance, tandis que des fournisseurs et des amis trop confiants souffraient par la faute de son mari Elle chercha elle-même les créanciers, et éteignit toutes les petites dettes restées en arrière. Ce trait devint vite célèbre dans Paris. Les créanciers payés élevaient aux nues la jeune femme. Bientôt quelques connaissances de la famille de Cyntrix, attirées par la curiosité, madame Limières en tête, se hasardèrent jusqu'à la villa d'Auteuil ; il fut constaté que *madame Lucienne* n'était ni moins belle, ni moins élégante, ni moins gracieusement noble dans ses manières que la ravissante Lucienne de Cyntrix, et toutes les portes se rouvrirent devant l'amie de Marguerite.

Bien qu'elle préférât mille fois aux dîners et aux bals la solitude studieuse de la villa, Lucienne ne crut pas devoir refuser les invitations qui lui étaient adressées.

Sourde, en apparence, aux injustes attaques dont elle avait été d'abord l'objet, elle s'avouait cependant très-franchement à elle-même, et elle confiait gaiement à Michel qu'elle était heureuse et même un peu fière de pénétrer par droit de conquête dans ce monde où elle n'entrait jadis que par droit de naissance. Les natures orgueilleuses et sèches peuvent seules, d'ailleurs, rester insensibles aux témoignages de sympathie, de quelque part qu'ils viennent.

Michel et Lucienne, toutefois, souffraient cruellement de la situation fausse que la destinée leur avait faite. C'était un supplice pour Lucienne de voir la tristesse assombrir le front de Michel, dès que, forcément, devant les visiteurs, elle le traitait chez elle en étranger. C'était un supplice encore plus grand pour Michel de se rencontrer dans le monde avec Lucienne, pour recevoir d'elle un salut banal, pour être le témoin passif des hommages enthousiastes et un peu familiers que les hommes se croient le droit de prodiguer à une femme maîtresse d'elle-même et sans protecteur légitime. Le lendemain de ces soirées, l'ami de Lucienne reprenait à grand'peine sa sérénité accoutumée.

— C'est le monde qui vous dispute à moi aujour-
d'hui, lui disait-il quelquefois avec accablement;
demain, se sera votre famille; et, qui sait, plus
tard... J'ai honte de mon égoïsme, ajoutait-il, mais
moi qui n'ai ni famille, ni affections, ni liens d'aucune sorte sur la terre, je forme souvent le vœu de
vous voir aussi isolée, aussi abandonnée que moi,
Que deviendrais-je, si vous n'étiez plus là?

Lucienne souriait de ces terreurs.

Un événement tout à fait inattendu vint cependant leur donner un motif vraisemblable. Après
trois années de silence absolu, madame de Cyntrix
écrivit une longue lettre à sa fille pour l'engager à
assister au mariage de sa sœur. Lucienne devait
cette rentrée en grâce au séjour à Saint-Quentin de
la femme d'un haut fonctionnaire qui avait rempli
la sous-préfecture des louanges de l'*Étoile* d'Auteuil.

« Quelque bizarre que ta résolution nous ait paru
d'abord, disait en terminant madame de Cyntrix,
peut-être as-tu bien fait?... J'ai tant souffert; je
me suis tant ennuyée en ce monde que je suis dis-

posée à approuver toutes les femmes qui s'éloignent de la route que j'ai suivie. »

Lucienne n'avait jamais voulu arrêter sa pensée sur la conduite de sa mère à son égard ; elle fut franchement heureuse de la marque d'affection qu'elle en recevait. L'inquiétude et le découragement qu'elle lisait sur les traits de Michel répandirent cependant une teinte lugubre sur ses préparatifs de départ. Michel parlait de cette absence de quelques jours comme d'une séparation éternelle.

Au moment de conduire Lucienne au chemin de fer, il voulut visiter une dernière fois avec elle la villa et le parc qui les avaient vus vivre pendant deux années.

— Quelle folie ! disait Lucienne, gagnée malgré elle par les funestes pressentiments de son ami. Quelle folie ! la giroflée que le vent balance au-dessus de ce mur ne sera pas encore effeuillée quand je reviendrai ici.

Lucienne resta à Saint-Quentin bien plus longtemps qu'elle ne l'avait projeté. Les *retours de noce* sont, en province, des solennités auxquelles la sœur

de la mariée ne pouvait se dispenser d'assister.
Léonce, d'autre part, voyant maintenant dans Lucienne une protectrice *possible*, l'accablait de prévenances, et s'efforçait de la retenir à sa sous-préfecture, où elle faisait une véritable sensation. Au
bout de cinq semaines, les lettres quotidiennes de
Michel à Lucienne manquèrent deux jours de suite.
La jeune femme n'y tint plus, et prétextant des affaires, les inexorables exigences d'une clientèle lente
à conquérir et prompte à se disperser, elle partit
subitement pour Paris après avoir annoncé à Michel,
par un billet de trois lignes, son arrivée prochaine.

Dans son anxiété, sans cesse croissante à mesure
qu'elle se rapprochait de Paris, Lucienne en était
venue à se persuader qu'elle ne rencontrerait pas
Michel dans la gare du chemin de fer. Il s'y trouvait pourtant ; mais dans quel état ! — Lucienne
eut peine à le reconnaître tant ses traits étaient dé-
faits, ses yeux éteints ; il serra, sans prononcer un
mot, la main de son amie et l'entraîna vers une
voiture de place. Lucienne, consternée, ne trouvait
pas la force de l'interroger.

— Il est ici, dit enfin Michel.

— Il... qui? demanda Lucienne. Dans ce premier moment elle ne songea pas à Maxime.

— Votre mari.

Lucienne regardait Michel sans trop comprendre ce qui pouvait se passer en lui.

— Oui ! s'écria Michel, Maxime est ici depuis trois jours, il est malheureux... il vous aime... et, je dois le dire, continua-t-il avec exaltation, son repentir est si profond et si sincère que vous seriez coupable de lui refuser le pardon... et c'est moi, moi ! qu'il a choisi pour confident !...

Deux jours plus tard, Maxime arrivait à la villa d'Auteuil accompagné de madame de Cyntrix. La femme de chambre de Lucienne lui avait appris le séjour de sa maîtresse à Saint-Quentin, et il était parti pour cette ville le jour même où Lucienne la quittait pour revenir à Paris. Madame de Cyntrix, on se le rappelle, avait été autrefois séduite à première vue par la beauté physique et par les allures mélancoliques de Maxime Baldiani. Malgré ses rancunes de femme *incomprise* contre tous les maris en

général, et les très-réels griefs qu'elle avait, comme
belle-mère, contre le mari de Lucienne en particulier, elle retomba sous le charme dès que Maxime
se fut attendri devant elle, dès qu'il lui eut raconté
avec les phrases sentimentales et romanesques qu'il
savait si bien trouver, ses souffrances d'homme
et d'artiste, son ardente poursuite de l'idéal, ses
égarements, ses remords...

Maxime mentait-il? — Oui et non. — Pas plus
que le jour de sa dernière entrevue avec Lucienne,
il ne rêvait les joies pures et durables d'une affection élevée ; pas plus que ce jour-là, il ne voyait le
bonheur dans le dévouement, dans l'inviolable
fidélité à la foi jurée ; mais sa manière d'envisager
le mariage n'en avait pas moins complétement
changé. Depuis la fin de sa courte lune de miel
jusqu'à une époque très-voisine de son voyage à
Saint-Quentin, il n'y avait vu qu'une nécessité fâ-
cheuse, une lourde chaîne dont les niais et les
bourgeois (une même chose pour lui) pouvaient
seuls se résigner à supporter le poids. Se jetant d'un
extrême dans l'autre, il s'exagérait énormément

aujourd'hui les avantages sociaux qui résultent pour
un homme de la stabilité de l'existence, l'importance que lui donnent de beaux enfants, une femme
jeune et distinguée. Cette révolution morale s'était
opérée à Vichy, où Maxime passait l'été avec l'oncle
Étienne et Hortense. Ayant vécu auparavant à l'é-
tranger, au milieu de gens fort indifférents à ses
affaires de famille, il n'avait connu que les côtés
agréables de la généreuse hospitalité de l'oncle
Étienne. A Vichy, au contraire, il se trouvait jour-
nellement en contact avec d'anciens amis et d'anciens camarades, mariés pour la plupart, et marchant presque tous vers la fortune ou vers la
célébrité. Se voyant, lui, parfaitement inconnu en
France malgré ses triomphes badois, de plus, se
sentant assez embarrassé quand on le questionnait
sur sa situation présente et sur ses plans d'avenir,
Maxime aima mieux attribuer son insuccès et sa
nullité sociale à des circonstances extérieures qu'en
rechercher la cause où elle était réellement, dans
sa paresse et dans ses désordres. Reprendre rang
dans le monde officiel, avoir une maison montée,

une existence extérieurement régulière, tout cela devint pour lui un idéal qu'une réconciliation avec Lucienne pouvait seule réaliser. La position matérielle acquise par Lucienne à force de travail influait aussi quelque peu, pourquoi le dissimuler? sur les nouvelles théories de Maxime : il n'aurait certes pas été rejoindre sa femme pauvre dans une mansarde. Cependant il était fort loin de s'avouer à lui-même ces calculs intéressés. En même temps que Lucienne, dans l'aisance, à la mode, presque illustre, lui apparaissait plus séduisante, Hortense semblait prendre à tâche de le désaffectionner. Elle l'avait captivé par l'ardeur apparente de sa passion pour lui, et plus encore par les flatteries qu'elle prodiguait à sa vanité maladive. Il n'en était plus ainsi aujourd'hui. Hortense évitait soigneusement les tête-à-tête avec Maxime, et, dans le monde, elle affectait envers lui l'indifférence, sinon le dédain. Maxime ne tarda pas à soupçonner qu'elle lui donnait pour rival un haut personnage politique récemment arrivé à Vichy. Mortellement blessé dans son orgueil, il éclata en reproches.

— Les scènes m'ennuient; si vous souffrez ici, pourquoi y restez-vous ? lui dit froidement Hortense.

Par un sot amour-propre, plutôt que par affection, Maxime resta, et joua pendant deux mois un rôle aussi triste que ridicule.

— Puisque vous sentez absolument le besoin d'être le maître quelque part, je vous conseille, mon cher cousin, de retourner dans votre ménage, si toutefois on consent à vous recevoir, lui dit un jour Hortense, chez elle, en plein salon, à propos d'une observation futile.

Maxime partit le lendemain pour Paris. Se réconcilier avec Lucienne, ce n'était plus seulement à ses yeux une nécessité de situation ; c'était une satisfaction indispensable à son orgueil, une sorte de victoire. Il s'efforçait de se persuader à lui-même qu'il aimait follement sa femme et n'avait jamais cessé de l'aimer. Michel par erreur, madame de Cyntrix par faiblesse, furent pris à ce mensonge; Lucienne seule ne s'y laissa pas tromper.

— S'il m'aimait, j'en serais au désespoir, car il m'est impossible de l'aimer, disait-elle à sa mère.

18.

Mais je n'ai aucune inquiétude sur ce point, l'amour n'a rien à voir dans cette affaire. Pour des motifs que j'ignore, Maxime trouve aujourd'hui avantageux de se rapprocher de moi comme jadis il a trouvé commode de s'en éloigner, rien de plus.

Et Lucienne souriait tristement quand madame de Cyntrix l'accusait de dureté de cœur.

Les obsessions maternelles n'étaient pas les seules qu'elle eût à subir. Maxime avait revu les femmes qui composaient, à l'époque des réceptions de la rue de Boulogne, la société de Lucienne ; il s'était montré devant elles repentant et malheureux. L'amie de Marguerite vit accourir à Auteuil une foule d'officieuses conseillères, parmi lesquelles se distinguait madame Limières, redevenue une chaude protectrice de Maxime. Par égard pour sa mère, qui était plus ou moins liée avec ces visiteuses, Lucienne dut leur ouvrir sa porte, se résigner à écouter les insipides discours, les lieux communs de prudence mondaine et de morale, dont les indifférents sont si prodigues.

Chaque jour aussi, sous prétexte de venir voir

madame de Cyntrix, Maxime se présentait à la
villa. Lucienne avait nettement déclaré à son mari,
dès leur premier entretien, qu'elle ne consentirait
jamais à recommencer une vie commune ; elle
avait en même temps supplié Maxime de lui éviter
des explications inutiles. Mais Maxime ne pouvait
renoncer ainsi à des desseins qui étaient maintenant tout son avenir, et madame de Cyntrix, sa
confidente dévouée, sut lui ménager de fréquentes
entrevues avec Lucienne. Les scènes succédaient
aux scènes, les élans d'attendrissement alternaient
avec les cris de désespoir et les reproches. Secondé
par son tempérament d'artiste, Maxime s'exaltait
quelquefois jusqu'aux larmes en décrivant ses souffrances et ses prétendus remords. La villa de Marguerite, ce calme paradis où les journées s'écoulaient si rapides deux mois auparavant, devint un
lieu de supplice pour Lucienne. Comment dire à
un coupable qui s'accuse, à un infortuné qui
pleure :

« Je ne crois ni à vos remords ni à vos larmes ! »

Et pourtant, Lucienne le sentait, il n'y avait

aucune sincérité dans l'éclatante douleur de
Maxime. L'atelier du boulevard de la Madeleine
était le refuge de la pauvre femme. Exagérant
auprès de sa mère les exigences de son travail,
elle s'y renfermait depuis les premières heures de
la journée jusqu'à la nuit. Là, du moins, elle pouvait pleurer.

Pas un instant, d'ailleurs, Lucienne n'avait cher-
ché à s'abuser. Elle avait compris, en voyant entrer
chez elle Maxime et madame de Cyntrix, que l'heure
des éternels regrets allait sonner.

Quelles que fussent les douleurs de Lucienne,
Michel était mille fois plus à plaindre encore. La
confiance de Maxime torturait son âme loyale.
Quelquefois il s'imaginait qu'en lui ouvrant son
cœur, le mari de Lucienne voulait l'éprouver;
qu'un jour viendrait où, dépouillant subitement
son masque d'affection, il accablerait sous ses mépris le faux ami, le confident indigne. Cette crainte
était sans fondement aucun. Absent de France au
moment où Michel y rentrait; ne sachant rien des
relations de son ancien ami avec Marguerite Daniel,

Maxime était convaincu que l'Amie des gazelles
n'avait jamais revu le fils du Juif-Errant depuis le
soir perdu dans les brumes du passé où elle lui
avait dit un glacial adieu sur le seuil du salon de
Sablonville. La visite faite par Maxime à Michel,
deux ans auparavant, n'avait réellement eu qu'un
but, obtenir du voyageur les airs de danse africains
dont il comptait se servir pour son *opérette*. Si
Maxime était allé tout droit chez Michel à son
retour de Vichy, c'est qu'il avait compris d'instinct
que Michel serait son meilleur guide dans la grande
route officielle qu'il croyait indispensable de suivre
désormais. Blessé au vif par Hortense, il avait,
d'ailleurs, besoin d'exhaler sa mauvaise humeur;
et à qui, si ce n'est à son camarade d'enfance,
eût-il osé confier les faiblesses et les fautes de son
passé ?

Michel dut écouter la confession de Maxime ; il
dut l'entendre discuter une à une les chances de
succès que donnaient à ses projets de vie conjugale,
le caractère, les habitudes, peut-être aussi l'amour
mal éteint de Lucienne. Maxime voulait absolu-

ment voir un reste de colère jalouse dans la froideur actuelle de sa femme. Jamais Michel n'avait rêvé la possibilité d'un telle supplice ; cent fois, pendant ces entretiens, la vérité montait à ses lèvres, cent fois il prenait la résolution de quitter Paris, de s'enfuir au bout du monde en suppliant Lucienne de se consacrer tout entière à la régénération morale et au bonheur de Maxime. Son courage faiblissait dès qu'il se retrouvait seul. Le dernier billet de Lucienne révélait une décision irrévocable ; jamais elle ne rendrait son cœur à Maxime. Pouvait-il abandonner Lucienne ? — Les grappes rouges des arbres de Judée et les panaches dentelés des acacias se balançaient aux abords de la villa, comme pour l'y rappeler. Un jour prochain, demain peut-être, il pourrait s'asseoir à leur ombre auprès d'*elle*. Quelques billets laconiques, ces branches à l'horizon, c'était tout ce que Michel voyait maintenant de Lucienne. Pas une seule fois, depuis l'arrivée de Maxime, il n'avait franchi la porte de la villa, pas une seule fois il n'avait gravi les marches qui conduisaient à l'atelier. Mille regards épiaient ses démarches ; Lucienne, Maxime, Michel et madame de Cyntrix étaient les acteurs d'un drame dont le public parisien ne détournait pas les yeux.

Ces angoisses duraient depuis trois semaines. Un soir, à la tombée de la nuit, Michel, tout à fait fou de désespoir, escalada le mur d'enceinte de la villa. Lucienne lui avait écrit la veille qu'après une scène violente, Maxime avait juré de ne plus s'exposer à ses dédains. Ces serments n'étaient pas chose nouvelle, et d'ordinaire Maxime les oubliait le lendemain ; mais Michel réussit à se persuader qu'il n'en serait pas ainsi cette fois : à tout prix il voulait revoir Lucienne.

Dans cette saison, la jeune femme s'asseyait souvent le soir devant le pavillon rustique ; Michel se dirigea vers le pavillon. Il suivait une longue allée de charmille, quand, à moitié route, il s'arrêta brusquement. Lucienne et Maxime causaient de l'autre côté de la charmille. Il voulut s'enfuir ; une force invincible le retint. Se rapprochant involontairement de la charmille, il écouta.

Le matin même, au moment où il arpentait le boulevard en se demandant si le parti le plus sage à prendre ne serait pas de retourner à Vichy, Maxime avait rencontré un ancien camarade, musicien d'un talent reconnu. Celui-là ne parlait pas en homme du monde : il fit assez clairement entendre à Maxime qu'il le considérait comme un garçon perdu.

— Quel dommage ! répétait-il avec conviction, quel dommage ! avoir eu un talent réel et une femme comme la tienne pour te retrouver à trente ans chanteur de romances ! Ça t'aurait donc bien coûté de travailler et de rendre ta femme heureuse ? Enfin, c'est fait ; n'en parlons plus.

Ce discours exaspéra à un tel point l'amour-propre de Maxime, qu'il y répondit par un mensonge : il annonça à son ami sa récente réconciliation avec madame Baldiani. Rentré chez lui, il écrivit à Lucienne un billet suppliant :

« A la veille d'une séparation éternelle, elle ne pouvait refuser à celui qu'elle avait aimé un entretien de quelques instants. Les souvenirs de la dernière entrevue devaient être effacés par un adieu affectueux et bon. »

Le consentement de Lucienne fut apporté par le commissionnaire chargé du billet, et Maxime se dirigea vers Auteuil, résolu à tout tenter pour reprendre son ancien empire sur le cœur de sa femme.

— Lucienne, disait-il au moment où Michel s'arrêtait derrière la charmille, êtes-vous bien sûre que votre propre perfection ne vous rende pas trop sévère pour mes fautes? Ne regretterez-vous pas un jour de n'avoir voulu être que juste, strictement juste envers moi? Je vous ai fait cruellement souffrir ; mais rien ne peut se comparer, croyez-le bien, aux douleurs d'un repentir stérile, à l'incessante morsure des vains regrets. Lucienne, tu es généreuse, tu es bonne, tu es trop grande pour ressentir les inflexibles rancunes de la vanité; Lucienne, pardonne-moi ! chaque heure, chaque seconde de mon existence sera employée à te faire oublier le passé ; et si mon dévouement ne te rend pas le bonheur, tu pourras te dire, du moins, que tu m'as retiré de l'abîme et que tu m'as sauvé !...

Lucienne se taisait.

— Tu n'as plus foi en mes paroles, Lucienne, reprit Maxime d'une voix basse et émue ; je le sais, je t'en ai donné le droit. Si je pouvais te faire lire dans mon cœur, l'ouvrir saignant devant toi, la pitié te saisirait peut-être. Tous ne sont pas aussi cruels. Il y a à deux pas d'ici un homme que tu as estimé, que tu as aimé ; Michel Symier est toujours l'ami austère d'autrefois ; eh bien, il me comprend, lui, il me plaint !

Lucienne écoutait les yeux fixes, la respiration haletante. Tout à coup elle poussa un cri étouffé. Auprès d'elle le feuillage avait remué, le gravier, brusquement froissé, avait gémi ; elle devina que Michel était là.

— Qu'avez-vous donc ? demanda Maxime.

— Un bruit !.. je ne sais quelle frayeur ! répondit Lucienne défaillante.

Tous les deux se turent et prêtèrent l'oreille. Maxime n'entendit rien, mais Lucienne crut distinguer un bruit de pas dans le lointain.

— Lucienne, reprit bientôt Maxime trop anxieux pour s'occuper longtemps de cet incident, Lucienne, serez-vous plus incrédule, plus impitoyable que Michel ?...

— Ce n'était pas pour me parler ainsi que vous m'aviez demandé un entretien, répondit enfin Lucienne en domptant son émotion par un violent effort. Croyez-moi, Maxime, continua-t-elle avec plus de calme après un silence, ne tentons pas l'impossible. La vie commune ne saurait être maintenant pour nous qu'un continuel orage. Nous avons tous les deux des devoirs à remplir ; sur nous deux pèse la nécessité du travail, la responsabilité de notre avenir ; à défaut de bonheur, conservons du moins la sérénité de l'esprit.

Ces dernières phrases faisaient rentrer l'entretien dans le vif des préoccupations de Maxime.

— Je pense comme vous sur ce point, Lucienne, répondit-il avec plus de naturel dans l'accent qu'il n'en avait trouvé jusqu'alors, et cette même conviction dirige ma conduite actuelle. Oui, nous devons travailler, nous devons nous créer un avenir ;

mais notre travail nous rapportera des bénéfices tri-
ples, l'avenir qu'il nous faudrait attendre pendant de
longues années pourra se réaliser demain, si nous
marchons ensemble dans les sentiers officiels. Avez-
vous sérieusement songé, Lucienne, poursuivit Maxime en s'échauffant malgré lui, aux avantages sociaux de l'union conjugale ? Nombre de carrières
inaccessibles à un homme seul, s'ouvrent d'elles-
mêmes devant l'homme marié ; toute distinction hé-
réditaire ou personnelle, possédée par l'un des deux
époux, rejaillit plus éclatante sur tous les deux.
L'existence s'établit dans une atmosphère de confiance et d'estime qui facilite les mille détails de la
vie de chaque jour, aussi bien que les vastes desseins. Liens de parenté, amitiés, relations de plaisir
et d'affaires, tout devient appui, source de fortune
et d'honneurs pour un mari et une femme qui
savent conserver les apparences d'une alliance
étroite. N'entendez-vous pas les choses ainsi ?

— J'entends, dit Lucienne qui entrevoyait clairement pour la première fois, après un mois de
tortures, le but réel des obsessions de Maxime,

j'entends très-bien qu'il s'agit d'une sorte d'industrie privée.

— Eh bien, s'écria violemment Maxime, rendu d'autant plus furieux par ce sarcasme qu'il avait la conscience intime de s'être irrémédiablement trahi ; eh bien, cette industrie, je prétends l'exercer. J'ai le droit de vous obliger à vivre chez moi, madame, et j'ai le droit aussi d'habiter chez vous ; je ne sortirai plus d'ici.

— Vous oubliez, répondit Lucienne, redevenue calme et dédaigneuse devant ces menaces, vous oubliez que la séparation est autorisée par la loi et qu'il m'est aisé de la demander demain.

— La demander vous est facile sans doute, mais l'obtenir, c'est autre chose, répliqua Maxime d'un air de provocation.

Pour toute réponse Lucienne se dirigea vers la maison d'un pas si lent et si ferme que Maxime n'osa pas la suivre. Après quelques minutes de réflexion, il se trouva profondément ridicule et retourna chez lui.

Madame de Cyntrix reçut le lendemain une lettre

pleine de larmes, de projets de retraite absolue dans une mansarde. Pour combler le vide d'un cœur mort aux joies du monde, à jamais privé d'amour, il ne fallait rien moins que l'immense rêve de la gloire ; Maxime ne vivrait plus que pour son art. Le même courrier apportait aussi une lettre de Léonce dans laquelle le sous-préfet de Saint-Quentin se plaignait du désordre de son hôtel, de la négligence de ses domestiques, et réclamait énergiquement la présence de sa mère.

La coïncidence de ces deux épîtres détermina le départ immédiat de madame de Cyntrix. Elle n'était pas femme à se passionner pour la cause d'autrui.

— A ta place, j'aurais agi autrement, dit-elle à sa fille en lui faisant ses adieux ; avec tous ses défauts et toutes ses folies, Maxime vaut mille fois mieux, hélas ! que la plupart des maris. On se sent vivre au milieu de ces tempêtes, au lieu que moi, ma pauvre enfant! Enfin, tu préfères rester seule... Réfléchis-y cependant, une femme, qui va dans le monde sans protecteur, se trouve à chaque instant, dans des situations bien difficiles.

Sur cette péroraison, madame de Cyntrix embrassa Lucienne et monta en voiture. Lucienne enfin se trouva seule, seule et libre comme autrefois ; elle écrivit immédiatement à Michel. Un jour, deux jours se passèrent sans réponse. Le troisième jour, Lucienne reçut une lettre timbrée de Marseille.

« Dans quel abîme sommes-nous tombés, Lucienne ! disait Michel. Quelle humiliation nous avons subie ! Juste punition de ma faiblesse ! Dès la première confidence de Maxime, je devais partir. Qu'attendais-je ! Je savais bien que les jours de bonheur ne reviendraient plus pour moi, que les lointaines explorations que nous rêvions de faire ensemble, je devrais les entreprendre seul. Je suis resté pourtant, resté jusqu'au moment où il m'a fallu choisir entre la fuite et la nécessité de tomber à ses pieds en m'écriant : « je suis un traître ! » Que lui avez-vous répondu, Lucienne ? Non, ne me le dites pas ; je veux passer la mer avant de l'apprendre. Lui avez-vous pardonné? Si j'en étais certain, je deviendrais fou. Êtes-vous libre encore? Oh! alors, comment trouverais-je la force de mettre entre nous les sables de l'Afrique! Je prends des précautions contre moi-même, je m'embarque ce soir pour Alger; de là je vous écrirai avant d'aller plus loin... »

Si Lucienne avait su où rencontrer Michel, elle serait peut-être partie pour le rejoindre, pour s'enfuir avec lui vers ces régions où ne pénètre aucun bruit de l'Europe. Il lui fallait rester dans cette maison plus morne aujourd'hui qu'une tombe, accomplir sa tâche journalière sous les regards curieux de nombreux visiteurs, trompés jusqu'ici dans leurs espérances de scandale.

Depuis huit jours, Lucienne attendait la lettre d'Alger annoncée par Michel. L'énergie qu'elle avait rassemblée par un puissant effort s'épuisait. Un soir, vers minuit, elle sanglotait, la tête enfouie dans les coussins d'un divan, quand un bruit de voix et de pas précipités la fit se dresser brusquement. On montait l'escalier.

— Michel! s'écria Lucienne, en s'élançant oppressé de bonheur vers la porte. Elle se trouva en face de l'oncle Étienne.

A peine put-elle reconnaître le guide de sa jeunesse, tant les six dernières années avaient pesé sur lui.

— Est-il venu ici ce soir? dit l'oncle Étienne avec une expression de dégoût et d'horreur, avant même d'embrasser sa nièce.

— Maxime? demanda Lucienne étonnée, non.

— Oh! mon enfant, ma pauvre enfant! répétait e vieillard; car à cinquante ans, c'était déjà un vieillard que l'oncle Étienne. Je veux avant tout te raconter ma vie pendant ces dernières années, continua-t-il avec une animation fébrile; car depuis que je commence à soupçonner ce que tu as dû penser de ton second père, je me sens rougir devant toi.

Et, comme Lucienne, effrayée de cette surexcitation violente, lui parlait de sa fatigue, de la nécessité de prendre du repos.

— Non! non, reprit impétueusement l'oncle

Étienne; pas de repos, pas de sommeil pour moi,
tant que je ne me serai pas justifié à tes yeux. Ah !
pourquoi n'étais-tu pas ma fille ! s'écriait-il en fon-
dant en larmes. Que de douleurs, que d'abaisse-
ments m'eussent été épargnés si j'avais pu vivre
auprès de toi ! Ma première faute, poursuivit l'oncle
Étienne en s'asseyant sur le divan auprès de Lucienne, c'est de n'avoir pas voulu comprendre
le sens de l'exclamation poussée par toi quand,
après t'avoir annoncé mon mariage, je t'ai nommée
Hortense. Ne crois pas que la surprise, le blâme
contenus dans cette exclamation m'aient échappé ;
ils s'accordaient trop bien avec mes douleurs intimes. J'ai méconnu volontairement la vérité, sortant
de ta bouche, comme j'étouffais volontairement le
cri de ma conscience qui me disait par toutes ses
voix : « Hortense ment en jurant qu'elle t'aime, car
aucune femme ne peut t'aimer. » Mais j'étais
ivre d'amour; vingt années au moins de luttes
contre mon cœur avaient usé tous les ressorts
de ma volonté. Je me trouvais de plus effroyable-
ment seul, mortellement triste depuis que ton mari,

par un caprice de tyrannie mesquine, m'éloignait
de son foyer. Je te parlai de la nécessité d'accomplir des devoirs sociaux, de l'impossibilité de venir
en aide hors du mariage à une personne malheureuse. Je me trompais sciemment. Mille nobles
causes sollicitaient mon temps et ma fortune ; j'en-
trevoyais cent moyens d'assurer l'indépendance
matérielle d'Hortense sans lui imposer le devoir
de m'aimer. Non, mon mariage avec Hortense ne
fut point déterminé par de généreux motifs; en
l'épousant, je cédai à l'égoïsme d'une passion folle.
La punition ne se fit pas attendre. Au bout du premier mois d'existence commune, j'apprenais, non
pas seulement qu'Hortense n'avait jamais partagé
mon amour, je l'avais toujours su, mais que j'étais
pour elle un objet d'ennui, un surveillant inquiet
dont elle supportait difficilement la présence. Je
lui offris de lui rendre sa liberté en lui abandonnant la moitié de ma fortune. Elle me supplia avec
des larmes de la garder auprès de moi. Cette manière d'agir m'étonna d'abord. Dans la suite, après
les scènes violentes qui arrachaient à Hortense des

lambeaux d'une histoire qu'elle a toujours évité de me raconter, j'ai compris que le principal mobile de cette femme, victime des fatalités de sa naissance, souvent humiliée dès son bas âge, était une soif inextinguible de distinctions sociales, d'honneurs mondains. Si elle avait tout fait pour m'épouser, c'est que l'argent seul ne pouvait pas les lui procurer. Nous continuâmes donc à vivre ensemble, et notre existence ne fut plus qu'un long supplice. Hortense me traînait à toutes les fêtes et, sans égards pour ma santé et pour mes goûts studieux, remplissait ma maison d'hôtes bruyants et frivoles. Pouvais-je me plaindre cependant? Pouvais-je imposer à une jeune et belle femme les habitudes austères d'un vieillard? Hortense semblait heureuse de l'agitation incessante de sa vie, des hommages qui l'entouraient. La jalousie déchirait mon âme; mais j'aimais encore assez Hortense pour m'oublier moi-même, pour jouir en père de sa joie et me sentir fier de ses triomphes. Enfin, Maxime arriva en Italie. Je connaissais les tristesses de ton intérieur, et je considérai l'absence de ton mari comme une condition de tranquillité pour toi. Paresseux, vaniteux et faible, Maxime, livré aux tentations de l'isolement et de la misère, pouvait descendre l'un après l'autre tous les degrés de l'avilissement. Pour ton repos autant que par bonté pour lui, je voulus que ma maison devînt la sienne ; je le traitai en fils. Jamais, avant la fatale journée d'aujourd'hui, je n'avais soupçonné qu'Hortense et Maxime, ces deux êtres protégés par ma tendresse, pouvaient s'unir pour me tromper.

» Au moment du départ de Maxime pour Paris, il y a quelques semaines, Hortense m'avait vaguement parlé des espérances de réconciliation de ton mari. J'y attachais peu d'importance ; je savais que dans les âmes comme la tienne, certaines blessures ne se referment pas. Je n'avais rien appris depuis lors de Maxime, quand ce matin, vers onze heures, le désir de consulter un livre oublié sur une table me conduisit dans le salon. Une indisposition assez grave me retenait depuis deux jours dans ma chambre ; Hortense devait croire que je n'en sorti

16.

rais pas de la journée. Le boudoir dans lequel elle
se tient d'ordinaire n'est séparé du salon que par
une portière de velours, et la conversation y était si
animée en ce moment, qu'on ne m'entendit pas
entrer. Je reconnus bientôt la voix de Maxime. Ce
retour subit n'aurait nullement éveillé ma curiosité, si ton nom n'avait pas été à chaque instant
prononcé.

» — Ne vous emportez pas, disait Hortense d'un
accent persifleur, je n'ai pas dit qu'*il* fît la cour à
Lucienne, je vous affirme seulement qu'*il* a des relations d'amitié journalières avec Marguerite Daniel.

» Je ne sais de quelle personne il s'agissait,
poursuivit l'oncle Étienne, sans remarquer l'alté-
ration subite des traits de Lucienne, mais Maxime
s'écria avec fureur :

» — J'ai été joué ! je comprends maintenant sa
résistance. Les hypocrites ! me laisser m'humilier
devant eux !

» — Chacun son tour ! répliqua Hortense avec
ironie.

» — C'est vous qui me parlez ainsi ? s'écria

Maxime. Vous ! pour laquelle j'oublie depuis trois ans mes devoirs envers Lucienne.

» — Quel parti allez-vous prendre ?

» — Vous ne m'aimez donc plus ? murmura Maxime.

» La femme de chambre ouvrit en ce moment la porte du boudoir pour annoncer le comte de T***.

» — Puisque vous nous quittez, mon cher cousin, soyez assez aimable pour passer chez mon marchand de musique, qui me fait attendre depuis huit jours une partition de Mozart, dit gracieusement Hortense à Maxime, dès que les civilités d'usage furent échangées avec le nouveau venu.

» — Vous m'excuserez, si je ne puis me charger de votre commission, répliqua Maxime avec une certaine impertinence, mais je pars à l'instant pour Paris.

» Je rentrai aussitôt dans ma chambre ; je n'avais plus que deux pensées : m'éloigner pour toujours de cette femme indigne, et arriver auprès de toi avant Maxime, car je ne doutais pas qu'il ne vînt te persécuter encore.

— Que vous êtes bon ! Songez maintenant à vous, dit Lucienne en embrassant l'oncle Étienne.

— Moi ! reprit Étienne de Cyntrix, en frissonnant de tous ses membres, moi, je ne souffre pas ! Les liens qui me rattachaient à *elle* se sont brusquement rompus. Je ne l'aime plus !

Et des larmes roulèrent sur ses joues.

XV

Le lendemain, vers dix heures du matin, Lucienne déjeunait avec l'oncle Étienne, quand Maxime se présenta à la villa. Il devint blême en apercevant le mari d'Hortense.

— Je désirerais vous entretenir seule un instant, dit-il à Lucienne d'une voix qu'il s'efforçait de rendre calme.

Lucienne, la tête perdue d'émotions, se levait machinalement pour le suivre.

— Je te défends de sortir, dit l'oncle Étienne à sa nièce avec autorité. — Je vous défends à vous, monsieur, poursuivit-il en regardant Maxime en face, de vous présenter jamais soit devant ma nièce, soit devant moi.

— Mais, monsieur, balbutia Maxime par un violent effort d'orgueil, il me semble que j'ai quelques droits de me croire chez moi, ici.

— Oubliez-les, dit l'oncle Étienne, comme vous avez oublié pendant trois années vos obligations envers moi ; comme vous avez toujours oublié vos devoirs envers votre femme.

— Monsieur ! fit Maxime atterré, comment pouvez-vous croire ?

— J'ai entendu l'entretien d'hier ! Sortez ! ajouta l'oncle Étienne avec un accent d'autorité irrésistible.

Maxime courba la tête et se dirigea, en chancelant, vers la porte.

Par un élan subit, Lucienne courut après lui, et le rejoignit dans le jardin.

— Maxime ! s'écria-t-elle en s'accrochant au bras

de son mari, malgré un geste brusque fait par Maxime pour la repousser. Maxime, je suis bien coupable aussi. L'humiliation ne devrait pas retomber sur vous seul. Je vous en conjure, ne vous abandonnez pas au désespoir ; disposez de mon existence, disposez de tout ce que je possède !

— Gardez vos conseils et votre argent pour d'autres ! Moi, je vais me faire tuer en Italie, dit Maxime avec hauteur en se dégageant de l'étreinte fébrile de Lucienne.

L'oncle Étienne ne quitta plus Auteuil. Un homme d'affaires fut chargé par lui de proposer à Hortense une rente de vingt mille francs, à la seule condition qu'elle habiterait hors de France.

A l'entrée de l'automne, Marguerite Daniel arriva chez Lucienne, accompagnée d'Hugues et de Jeanne. L'oncle Étienne, brisé pendant tant d'années par les tortures de la jalousie, les luttes domestiques, les hontes secrètes, se sentait renaître entre Lucienne et Marguerite. Ces deux charmantes femmes l'entouraient d'une tendresse toute filiale, et s'efforçaient de réveiller en lui, par le contact d'une

société choisie, son activité intellectuelle jadis si
vive.

Pour tous, excepté pour Lucienne, l'hiver s'écoula
calme et joyeux à Auteuil.

Depuis longtemps, Lucienne avait reçu la lettre
par laquelle Michel lui apprenait son arrivée à Alger
et son prochain départ pour le centre de l'Afrique. Il
associait, disait-il, ses destinées à celle d'un jeune
savant berlinois, chargé par son gouvernement
d'une mission scientifique importante. Dans dix
mois au plus tard, ils reviendraient tous les deux
en Europe ; mais, ces dix mois, il faudrait peut-être
se résigner à les passer sans recevoir de France
aucune nouvelle, et sans pouvoir y faire parvenir
une seule lettre.

« Que retrouverai-je en France ? disait en terminant Michel, personne, rien peut-être... Que me
serait la France sans vous ?... Je compte cependant
les jours qui me séparent de la terre où habite tout
ce que j'aime. Si je ne revenais pas ; si les sables
qui recouvrent mon père devaient aussi me servir
de linceul ?... »

Dix mois, une année s'écoulèrent, Marguerite quitta la France pour y revenir encore, et aucune nouvelle d'Afrique n'arrivait jusqu'à Lucienne. De jour en jour la pauvre femme devenait plus silencieuse et plus pâle. L'oncle Étienne qui n'avait vu qu'une méchanceté gratuite dans les allusions d'Hortense, au sujet de Lucienne, ne songeait même pas à la possibilité d'une souffrance morale chez sa nièce ; il s'inquiétait sérieusement de sa santé, voulait la conduire aux eaux, la faire voyager en Allemagne. Bien que Marguerite n'eût pas reçu la longue lettre de Lucienne que nous avons transcrite, elle lisait plus avant dans le cœur de son amie. Jamais Lucienne ne parlait de Michel ; c'était avouer qu'elle y pensait toujours.

Sans en rien dire à Auteuil, Marguerite fit de nombreuses démarches pour s'informer du sort des voyageurs. Toutes ces démarches restèrent sans résultat.

Un soir d'octobre, quinze mois après le départ de Michel, la famille d'Auteuil était rassemblée dans le cabinet de travail si connu du lecteur. Hugues, qui venait d'avoir dix ans, dévorait de tous ses yeux et de toute son âme les aventures de Robinson Crusoé ; Jeanne jouait, avec de longs rires et de grands cris, sur les genoux de l'oncle Étienne ; Marguerite parcourait un journal, et Lucienne, assise au coin de la cheminée, les yeux à demi fermés, semblait complétement étrangère à ce qui se passait autour d'elle. Tout à coup, Marguerite jeta une déchirante exclamation aussitôt réprimée.

— Qu'as-tu? s'écria Lucienne en se dressant livide sur son fauteuil.

— Rien, dit Marguerite, dont le visage était décomposé, un affreux *canard!* Ces journaux sont absurdes !

Et, froissant le papier entre ses mains, elle en fit une boule informe qu'elle lança sur les charbons enflammés.

Lucienne se précipita en avant pour saisir le journal; puis, comme si elle eût reculé devant la crainte d'une horrible certitude, elle retomba dans son fauteuil avec un gémissement inarticulé. Jeanne absorbait si complétement l'oncle Étienne, qu'il ne

17

vit rien de cette scène. Robinson, ses chèvres, et
Vendredi existaient seuls en ce moment pour
Hugues. L'affreux secret resta donc entre les deux
jeunes femmes.

Voici ce qu'avait lu Marguerite :

— On nous écrit de Constantine : « Un jeune
savant allemand, M. Schustler, arrivé hier dans
notre ville, nous apprend la mort de M. Michel Symier, son compagnon de voyage. Il y a à peu près
un mois, M. Schustler, appelé ailleurs par ses
études, avait laissé M. Symier au milieu d'une
tribu touareg, qui semblait l'avoir complétement
adopté. Quand, à son retour chez les Touaregs,
après quinze jours d'absence, le docteur Schustler
s'informa de son ami, les chefs lui répondirent
qu'il était mort de la fièvre ; mais plusieurs indices
firent soupçonner au docteur Schustler que Michel
Symier, ayant voulu pénétrer les mystères de la
religion touareg, avait péri victime du fanatisme
de ces peuplades et de son dévouement à la
science. »

Lucienne n'adressa aucune question à son amie ;

elle ne changea rien à ses habitudes, mais son âme semblait rester constamment étrangère à ses actions et à ses paroles. On l'eût crue dans un état de perpétuel somnambulisme.

L'oncle Étienne lui-même reconnut bientôt qu'il y avait là autre chose qu'une lésion physique.

— A quoi rêve-t-elle? Le savez-vous? disait-il avec anxiété à Marguerite, aimerait-elle encore ce Maxime? Qu'il vienne, alors, ajoutait l'oncle Étienne avec une abnégation sublime, s'il est aimé d'elle, je saurai lui pardonner.

— Elle n'aime pas Maxime, répondait douloureusement Marguerite.

Un matin, il était près de onze heures, Lucienne allait partir comme de coutume, pour son atelier, quand un inconnu demanda à lui parler. Un frisson mortel saisit aussitôt l'infortunée, à peine put-elle se traîner jusqu'au salon.

— J'ai, madame, des papiers à vous remettre, dit l'étranger avec un accent allemand très-prononcé.

Lucienne poussa un cri et tomba évanouie sur le parquet.

Marguerite et l'oncle Étienne accoururent.

— Qu'a-t-elle? Vous le savez. Parlez donc! demandait à Marguerite l'oncle Étienne fou de désespoir.

— Michel est mort! répondit l'amie de Lucienne.

L'oncle Étienne comprit enfin.

Voici quelques fragments des lettres de Michel :

« A cette distance, dans un monde si différent du nôtre, j'oublie... ma plume vous entretient sans cesse d'isolement, de souffrances, comme si les souffrances et l'isolement nous étaient communs. Peut-être êtes-vous heureuse?... Mais non, je le sens, je le sais; non, vous souffrez comme moi; non, vous n'avez pas demandé à Maxime un bonheur qu'il n'a jamais su vous donner. Jamais! que lui manquait-il donc? Beauté, passion, tendresse, prestiges de l'art et de la poésie, il possédait tout! Et votre amour, en le grandissant à ses propres yeux, triplait ses qualités réelles : une seule lui faisait défaut, celle sans laquelle l'amour lui-même, surtout l'amour, ne saurait vivre : la volonté! En

vous voyant si noble, si enthousiaste et si belle, il
ne s'était pas dit : « Je veux la rendre heureuse ! »
Mais bien : « Je serai heureux, éternellement heureux auprès d'elle. » Aussi qu'a-t-il fallu pour renverser ce bonheur sans défense ? moins que rien, la
plus vulgaire rencontre. Devant votre cœur brisé,
Maxime n'a pas compris. « Il n'y avait nul motif à
ce grand désespoir ; cette pauvre madame Dourlas
m'était plus qu'indifférente, » m'a-t-il souvent répété pendant ce dernier mois. « L'aiguille était si
petite ! » disait un jour devant moi un enfant condamné au pain sec pour avoir crevé les yeux de son
oiseau.

» Maxime a été dans les luttes de la vie ce qu'il
avait été dans l'amour ; *il n'a rien voulu.* Toute
direction donnée à sa conduite, toute contrainte
imposée à ses caprices, lui eussent semblé une
atteinte à sa puissance d'artiste ; ainsi il s'est perdu ;
ainsi se perdent nombre d'hommes richement
doués. Nous ressemblons tous, hélas ! aux arbres
de nos climats brumeux. Dans les forêts, en pleine
nature, à peine voit-on apparaître quelques baies

17.

amères sur un amas confus de pousses entremêlées ;
mais si la main d'un jardinier habile retranche les
branches gourmandes, l'arbre aussitôt s'élance d'un
jet vigoureux et se couvre de beaux fruits. Vouloir
et sacrifier! toutes nos conquêtes sont à ce prix.
— Derrière quelle muraille de volonté, derrière
quelle enceinte de précautions j'eusse abrité notre
amour!... Ah! s'il n'avait été condamné à l'avance,
jamais le malheur n'aurait trouvé moyen d'y pénétrer!

» Elles sont belles, les filles de l'Orient, avec
leurs longs yeux veloutés, leur taille flexible, leurs
rires et leurs gestes d'enfant! — Elles sont belles,
charmantes de noblesse et de langueur; mais, pas
plus qu'à l'enfant insouciant, il ne faut leur demander les émotions profondes et variées que nous autres, hommes d'Occident, nous voulons trouver
dans l'amour. Leur âme n'a qu'une note, note résignée et tendre, toujours et chez toutes la même;
leur imagination dort ou se perd en des rêves in-
finis et vagues comme les plaines de leurs déserts;

leur intelligence sans aliment reste inactive. On comprend le harem devant ces femmes ! En quel nombre effrayant faudrait-il réunir leurs âmes passives et monotones pour former une somme de vie égale à celle qu'on rencontre dans l'âme d'une seule femme de notre Europe ! Jamais l'erreur de ceux qui voient l'avenir, l'idéal de l'amour dans le changement sans limites, dans la possession simultanée de plusieurs femmes, ne m'est aussi clairement apparue. Les raffinements de l'éducation, la culture des plus hautes facultés de l'intelligence et du cœur, tendent de plus en plus à concentrer dans un seul et même être les séductions, les charmes qu'aujourd'hui encore on doit souvent chercher isolément chez plusieurs. Quand l'œuvre sera complète, la constance et la fidélité, ces deux vertus si dédaignées, si raillées jusqu'ici, bien qu'el. les fassent toute la dignité et toute la poésie de nos affections, deviendront la règle commune. N'aurais-je pas passé des siècles, et encore des siècles, heureux auprès de vous, Lucienne ! Qu'il était dur pourtant de cacher comme une honte notre mutuelle affection ; de redouter sans cesse de la part de nos meilleurs amis une parole de blâme ou un sourire moqueur ! Quelles âmes méprisantes et glacées ont-ils donc ceux qui, pour entretenir en eux la flamme sainte, recherchent ce qu'ils appellent la saveur du fruit défendu ! Avez-vous songé quelquefois, Lucienne, à ce qu'aurait été notre bonheur si nous avions pu le fortifier des liens de la famille, l'ennoblir par la pratique journalière et commune des grands devoirs ? Tous deux, également actifs, intelligents et libres, nous aurions réalisé enfin les rêves des nobles cœurs, les rêves d'égalité et d'indépendance morale dans une union permanente et digne. Mais une telle félicité n'est sans doute pas réservée aux hommes de notre époque.

» Mon compagnon de voyage est parti hier pour les montagnes ; tout le jour, la solitude m'a accablé. Couché inactif sous ma tente, j'ai vu les années de ma vie passer lentement devant moi. La réalité avait été moins poignante que cette vision, et, par deux fois, une voix inexorable m'a crié :

» — En ce moment, et par ta faute, tu as laissé échapper le bonheur !

» Par ma faute !

» J'aurais pu être heureux en écartant rudement Hortense de ma route à Sablonville... J'aurais pu être heureux en me condamnant avec vous à la ruse et au mensonge pour éloigner ou pour tromper Maxime. Oh ! cette voix, Lucienne, c'était la voix de l'égoïsme, et pourtant elle me bouleversait jusqu'au fond de l'âme ; elle me déchirait comme le remords ! Oublions ces mauvais rêves ! Oh ! aime-moi, Lucienne ! je me sens digne de toi !... »

Lucienne vécut. Elle vécut pour accomplir les volontés de Michel, pour faire connaître au monde ses travaux et ses pensées. La vie, sans son ami, fut d'abord pour elle une tâche pénible ; mais la gloire posthume de Michel, l'influence, chaque jour plus grande, des idées qu'il avait l'un des premiers

mises en circulation, firent bientôt pénétrer dans
son âme une sorte de bonheur austère et profond.
D'autres affections, d'ailleurs, réclamaient encore
sa présence en ce monde. N'était-elle pas la fille
de l'oncle Étienne, l'amie de Marguerite, la confidente enthousiaste des espérances de plus en plus
ardentes de Giuseppe?

Bien que l'oncle Étienne l'y engageât en lui ré-
pétant que sa fortune était la sienne, Lucienne ne
consentit jamais à abandonner l'atelier du boulevard. Le monde, qui avait tant célébré autrefois sa
résolution courageuse, l'en blâma. Comme ressource contre la misère, on voulait bien tolérer
chez une femme la pratique d'un art ou d'une industrie ; mais, en dehors d'une nécessité absolue,
on se refusait totalement à admettre que le travail
dût être considéré par elle comme un devoir. Les
amies de Lucienne, celles qui avaint assiégé la
villa d'Auteuil pendant le séjour de Maxime à Paris,
se montrèrent les moins indulgentes. Elles accusaient tout haut Lucienne d'orgueil et d'excentricité ; en revanche, il est vrai, elles affectaient la plus

vive sollicitude pour le sort de Maxime Baldiani.
En réalité, elles se sentaient dévorées par l'envie
quand elles comparaient la dignité intime et la
force sociale conquise par Lucienne, avec la dépendance et la nullité de leurs propres existences.

« Lucienne avait brisé la vie de Maxime, répétaient-elles ; un compositeur, un poëte, un homme
de cœur et de talent qui, encouragé par un peu de
tendresse, eût donné au monde de grandes œuvres, avait été réduit par la dureté d'âme de sa
femme à accepter la rude existence du soldat.
Peut-être était-il déjà mort en héros obscur sur les
champs de bataille de l'Italie ! »

On l'apprit sans tarder, Maxime n'avait pas
même franchi les Alpes. Pendant plusieurs années,
les touristes parisiens le rencontrèrent successivement à Hombourg, à Bade, à Spa. Il parlait toujours de son génie musical, de ses espérances de
fortune et de gloire, et bornait ses travaux à servir
d'accompagnateur aux cantatrices de passage. La
roulette était sa providence. Pendant tout un été, il

mena grand train, eut des voitures et des chevaux; puis, un beau soir, il disparut si complétement de la scène du monde, que ses plus intimes camarades de plaisir ne parvinrent jamais à découvrir le lieu où s'abritaient les tristes débris d'une existence si belle au début.

FIN

IMPRIMERIE L. TOINON ET Cⁱᵉ, A SAINT-GERMAIN.